初恋の人との晴れの日に
令嬢は裏切りを知る 2

幸せになりたいので公爵様の求婚に騙されません

柏みなみ

B's-LOG BUNKO
ビーズログ文庫

イラスト／藤村ゆかこ

Contents

2
初恋の人との晴れの日に令嬢は裏切りを知る
幸せになりたいので公爵様の求婚に騙されません
人物紹介
レオン＝レグルス
エリデンブルク王国の公爵。
王国騎士団の団長を務める
エリート騎士で
『氷の公爵』と呼ばれている。
ティツィアーノ＝
サルヴィリオ
サルヴィリオ領の騎士団長を
務めた伯爵令嬢。
初恋のレグルス公爵に求婚される。

フィローラ＝
ウィリア
『ウィリアの至宝』と呼ばれる
ウィリア帝国の第一皇女。

カミラ＝
リトリアーノ
リトリアーノ国の第一皇子。
飄々とした掴めない性格。

リタ＝クアトロ
ティツィアーノに仕える
面倒見の良い侍女。
テト＝クアトロ
ティツィアーノの従者。
リタの双子の兄。

サリエ＝サルヴィリオ
ティツィアーノの母。
サルヴィリオ領の元騎士団長で
『軍神』と呼ばれている。

第1章 旧モンテーノ領

キラキラと、目の前で真珠が光を反射している。

どうしてこんなに私の結婚式はスムーズに行かないの……。

純白のドレスに飾られた真珠が弾け飛んだ瞬間、脳裏をよぎったのはここにはいないレオンの柔らかな夜空のような瞳。

「貴方……今から結婚式だというのに……」

そう澄んだ声で私に言う彼女は、女神かと思う程の美しい女性。

月の光を撚ったかのような銀髪に、紫水晶を思わせる澄んだ瞳は驚きで大きく見開かれていた。

そこに立っているだけで、神々しさが滲み出ている。

彼女のような人がレオンの隣には相応しい。

私のようにドレスを着たまま、剣を振り回し、ウェディングドレスを泥と血で汚すような女ではない。

腿のあたりから裂けたドレスなど着るような事もしない。

「貴方のような女性は……レオン様には相応しくないわ」

その女性がポツリと言った。

「——そんなこと、私が一番分かっていますよ。皇女殿下」

そう言って、目の前の敵に剣を向けた。

結婚式の一ヶ月前。

レオンとリリアン様、ウォルアン様と一緒に旧モンテーノ領へと向かっていた。

もちろん侍女のリタやセルシオさんも同行している。

向かう途中、旧モンテーノ領地を任されている弟のオスカーと従者のテトも合流する形となった。

なぜ旧モンテーノ領に向かっているかというと……私は半年前の婚約式の後、サルヴィリオ家に戻ることなく、そのまま公爵家の花嫁教育を執事のアーレンドさんから受けていた。

本来は、レオンのお母様から聞くべき話だが、実際公爵家の運営はレオンがほぼ一人で回しており、アーレンドさんはその補佐に当たっているため、教育係に適任となったのだ。

公爵夫人としての業務は多岐に亘り、覚えることがいっぱいで疲れ果てていたのを見兼ねてか、勉強ばかりで屋敷に篭もっている私を、レオンは外の空気を吸おうと外出を提案してくれた。

レオンの方が私以上に多忙なのに、自分の仕事を前倒しで済ませて時間をつくってくれた優しさに、申し訳ないと思いながらも、嬉しかった。

「姉上、義兄上、見てください。ここが真珠の養殖場です。ここから少し行った街に、義兄上がお探しのジュエリー職人のいる店がありますよ」

馬車の窓から覗く港を指差しながらオスカーが誇らしげに言った。

「オスカー様、そんなに身を乗り出したら危ないっすよ」

定員オーバーの為に馬車に乗れなかったテトが馬車の横を騎馬で並走しながら心配そうに言った。

そのテトの後ろからはセルシオさんも、「ウォルアン様も身を乗り出さないでください」と心配そうに続く。

「すごいわね、オスカー。この港町の整備も貴方がしたの？」

「いいえ、僕だけじゃなく港町の皆さんの意見を参考に職人の人達と改装案を出し合って、父に相談しながら作ったんです」

「すごいな。ここがあの『モンテーノ領』とは思えないほど栄えている……」

レオンがそう溜め息を零しながら言った言葉を誇らしく思いながら、私はレオンの顔を見て微笑んだ。

「あ、義兄上様。ありがとうございます。僕がやった事といえば案を出したぐらいで、実現化してくれたのは父上なんです。やりたいことはもっとあったんですが、予算や実現性が低いものはもっと考えなさいと言われて、まだ勉強中で……」

褒められたのが恥ずかしかったのか、普段は冷静で落ち着きのあるオスカーが顔を真っ赤にしながらそう返答する姿は年相応でとても可愛い。

そんなオスカーのふんわりした雰囲気にこちらの気分がほっこりしてくる。

そして、レオンが感心するほどに、窓から覗く景色は、かつての廃れた港町の名残は無く、船着き場は整備され、横に併設された市場は賑わっているのがわかる。

食事処や漁業関係者のための簡易宿泊施設まであり、その建物も機能性とデザイン性を兼ね備えた作りになっている。

サルヴィリオ領に統合された旧モンテーノ領は東側が海に面しており、昔は真珠の養殖が盛んだった。

しかし、今までここの海は年を重ねる毎に魔物が増えていき、モンテーノ領が対策をしてこなかったので、漁業も観光も、収入源の三割を占めていた真珠の養殖も何年も行われていなかった。

サルヴィリオ領統合後に母の率いる騎士団が魔物の討伐をして、魔物から取れた魔石をここの港の整備費用や雇用対策の資金源に充て復興することができたそうだ。

私も、統合直後に足を運んだが、あの死んだ街とは思えないほどだった。

『どうです？　私の弟すごいでしょう？』と言うのが顔に出ていたのだろう、頭をぽんぽんと優しく叩かれながら、「すごいよ、君の弟は。とても十二歳とは思えない。君がいつもオスカー殿の魅力を嬉しそうに話してくれるのが良く分かるよ」とダークブルーの瞳を優しく細めて言った言葉に……自分が大切に思う人を認めてくれた言葉に胸の奥がじんわりと温かくなった。

けれど、今回の目的は統合された旧モンテーノ領の視察ではなく、結婚式の宝飾品の下見である。

半年前の結婚式の時にレオンが用意してくれたドレスは、メイドとして公爵邸に行く際、持って行く訳にも行かず、売ってしまっている。

しかし、事件というか……諸々が解決した後、取り戻しに行こうとしたところ既にその街の大きな商家の娘さんが一目惚れして、購入してしまったとのことだった。

取り戻すことも考えたが、その商家の御令嬢が式を楽しみにしていると言われれば、水を差すような真似はしたくなかった。

レオンに説明をすると、「初めから全てをやり直したい」と言ってくれたので、半年かけて新しくドレスを作ることになったのだ……が、ほぼほぼドレスが完成したところで、一週間前に南部の討伐出張から帰って来るなり、『最高のジュエリー職人が見つかった！』と言って、その職人がいるという『ここ』、旧モンテーノ領に来ることになったのだった。

特に『真珠ジュエリーの第一人者』と呼ばれる人がいるそうで、レオンが、『頑固な職人だそうだが、知人に見せてもらったネックレスは目を見張るものだった』と言っていた。

リリアン様も真珠ジュエリーは好きらしく、一緒に行くことになったのだ。道中も真珠の魅力について嬉々として私に説明してくれている。

その横で、同じく同行を希望した男の子たちの会話もとても盛り上がっていた。

……決して年相応の会話ではないけれど。

「オスカー殿、真珠の販売ルートはどのようにお考えですか？　元々モンテーノ領の真珠は質が良いと有名ですが、最近の市場を考えると……」

「ウォルアン殿。それが、最近新しい販売ルートを開拓しまして……」

興味津々で質問するウォルアン様の様子に戸惑いもしないオスカーは、理路整然と説明をしているし、そんなオスカーの話をキラキラした目で聞いているウォルアン様の姿を見ると、ほっこりしてくる。

「ウォルアン様、楽しそうですね」

「そうだな。リリアンの店の手伝いをしたいと言い出してから、帳簿や販売ルートの確保など経済に興味が出てきたようだ。リリアンの杜撰な帳簿を見て、ブツブツ言っている姿は見ものだったな。オスカーは魔力が金ランクだが、今は剣術や魔力の操作訓練よりもそっちの方が楽しいらしい」

「ふふ……。ウォルアン様、僕が兄様の為に手伝えることはこっちしか無いからって仰ってましたよ」

そう言うと、レオンはキョトンという顔をした。

「どう言う意味だ？」

「レオンは強くて、騎士団長として最強じゃないですか？　ウォルアン様は、僕に出来ることは何だろうって、色々考えてらっしゃったみたいですよ。私も母の大きすぎる背中を追うのに必死でしたから、ウォルアン様の気持ちが分かります」

そう言うと、レオンは驚いた顔をした。

「守るべき存在と思っていたが、それがあの子の負担になっていたのか……」

「違いますよ。レオンの事が大好きだから力になりたいと思うんです」

私も、結婚したら何が出来るかずっと考えている。

王太子妃教育を受けても、剣を握っても、明確な目標があったあの時とは随分違う。

――認められたい。

その一心で頑張ってきたものが、今形を変えている。

――力になりたい。

大事な人の力になれると分かれば、それは更に自分を動かす原動力となるだろう。

「そうか、いつまでも小さい子では無いんだな……」

「ええ……。私も、オスカーが、いつまでも可愛い弟で無いことを最近知りました。……あの子も長男として跡を継ぐ責任に押しつぶされないように……。私が何か力になれればいいのだけど」

オスカーもまた、自分なりに闘っている。

軍神と名高い母に、敏腕で手堅い領地経営を行う父。

あの時代のサルヴィリオ領は良かったと言われないよう、彼は頑張っているのが目に見えている。

そんなことを考えながらオスカーとウォルアン様を見ていると、ふと急に視界が陰った。

「え？」

「君は？」

ダークブルーの瞳が心配そうに揺れながら、優しくこちらを見つめた。

「何……」

「君もいつも悩んでる。最近物思いに耽っているみたいだけれど」

ぎくりと身体が強張り、思わず乾いた笑いがこぼれる。

「いや、なんて言うか。公爵夫人として何が出来るかな～……、とは考えていますけど。今までは国境警備の仕事が忙しくて、社交界の場にも殆ど顔を出した事が無いですし。でもそう言ってられな……」

「……君はあんまり、お茶会とか開催しなくて良いと思う」

私の言葉を聞いたレオンが、少しひんやりした声で言った内容に軽くショックを受けた。

「それは、つまり……。私では上手く催しが出来ないと……？　でも、私だって王太子妃教育を受けてきたので、後は経験だけですよ！」

思わず、自分にも出来ます的な事を言うと、「いや、そうじゃなくて」と、少し困った顔をされる。

「じゃなくて、お嬢様が令嬢方を落としていく様が簡単に想像出来ますね」

「お兄様が心配しているのは、そっちですわね」

「寄ってくる男性を牽制することは出来ても、女性となるとちょっと……難しい部分がありますからね。力業では無理ですし」

という横の会話を拾い、思わずそちらを睨みつけた。

「リタ、リリアン様。ふざけた事言わないで下さい。私真面目に話してるんですよ」

そう言うも、なぜかため息をつかれる。

文句の一つでも言おうとしたその時、目的の『ベイリーツ宝飾店』の前で馬車が止まった。

「すごいわ、街も賑わっているのね」

多くの人が行き交う大通りには、笑顔と活気が溢れ、その熱気に圧倒されるほどだった。

その大通りでも一際大きな建物が目の前にあり、歴史を感じさせる荘厳さから、どれだけ長い間多くの貴族が真珠を買い求めたのかなど容易に想像できる。

その門の数メートル奥にある重たそうなドアがゆっくりと開くと、白髪に、黒のジャケットを着た男性が出迎えにきてくれた。

「ようこそお越しくださいました。レグルス公爵様、サルヴィリオ伯爵令嬢様。ベイリーツ宝飾店の支配人を務めております、クルト＝ベイリーツと申します。本来ならばこちらから商品をお持ちしてお屋敷に出向くべきところを、ご足労いただきました事、誠にありがとう存じます」

深々と頭を下げる支配人の横には、黒い髪を後ろでお団子にした、三十代くらいの女性が立っていた。

「そしてこちらが、我がベイリーツの宝石職人のルーイです」

「初めまして、ルーイと申します。この度はご指名いただき、誠にありがとうございます」

「女性だったのか」

そう呟いたレオンに、ルーイさんが頭を下げたままギュッと拳を握りしめたのが分かる。

「先日体を壊して引退した父の後を引き継いだ身ではございますが、女であれど、……職人としての腕は父にも引けを取らないと自負しております」

頭を下げたままそう言った彼女にレオンは少し目を見開いた。

「すまない、失言だったな。知り合いから『頑固な職人』と聞いていたので、勝手に男性だと思っていただけだ。知り合いに見せてもらったジュエリーは見事なものだったから、若い女性だとしても、君の腕を侮ったりはしないよ」

そう言って申し訳なさそうに微笑んだレオンに私も同調した。

「私も勝手に気難しい年配の男性かと思って緊張していたのですが、女性と分かってちょっと安心しました。何というか、私はファッションや宝石といったことに疎いので、色々とご相談させていただけると嬉しいです」

すると、彼女は少し驚いたように顔を上げ、綺麗な琥珀色の瞳を見開く。

ひょっとして、今まで女性というだけで不当な扱いを受けてきたのかもしれない。

「……最善を尽くさせていただきます」

そう小さな声で言ったルーイさんは再度深く頭を下げた。

　案内された店舗の二階の一室には、所狭しとジュエリーが置いてある。

　目の前に置かれた重厚なテーブルだけでは置ききれず、簡易なテーブルまで数台運び込まれ、ビロードの箱が蓋を開いた状態で並べられていた。

「こちらが今回のウエディングドレスのデザイン画です」

　リタがそう言って、準備していたデザイン画を渡すと、ルーイさんと支配人のクルトさんがそれを覗き込む。

「素敵なデザインですね。それでは、こちらからいくつか商品をご提案させていただいて、イメージに合うものがございましたらもっと詰めていく感じでよろしいですか？」

「はい、よろしくお願い致します」

　そのままルーイさん達は商品を選びに行き、たくさんの商品を持ったスタッフを引き連れて戻って来た。

「どれもお姉様のドレスに映えそうで素敵ですわ！　ぜひうちの『レアリゼ』でも取り扱いたいぐらい！」

　目をキラキラと輝かせて、部屋中の真珠のジュエリーに夢中になるリリアン様の歓喜の声が上がる。

　確かにその繊細なデザインは、どれをとってもため息が出るほど美しかった。

「お姉様、お気に召したものがありまして？」

「そうですね。どれも上品で素敵ですけど、この銀細工の留め具(クラスプ)に大小の真珠を組み合わせたものなんて素敵だと思います」

そう言って、目の前の黒いビロードの箱の中に鎮座(ちんざ)している、パールのチェーンを示した。

「お目が高いですね、サルヴィリオ伯爵令嬢様。そちらは銀細工ではなく、白金と呼ばれる大変希少な金属で、金よりも価値が高いんです。市場にもほとんど出回っておりませんし、当店でもこの一点のみしかなく……」

「よし、これにしよう」

「レオン！」

「公爵様、それでは、このようなデザインはいかがでしょうか？」

私の驚いた声を無視したルーイさんがデザイン画にささっと絵を描(か)いて、レオンに渡した。

その横からリリアン様が覗き込み、リタも二人の邪魔(じゃま)にならない位置で覗き込んでいる。

「いいな。ティツィに似合いそうだ。ルーイ嬢に依頼(いらい)して良かったよ」

「恐(おそ)れ入(い)ります」

「素敵ですわ！　お兄様、本当に素敵な職人さんを見つけられましたわね！」

「で、もう少しこんなふうに、真珠のチェーンを……」

私を置いてきぼりにして盛り上がっている三人に思わず、声をかける。

「あ、あの……」

希少な金属……、一点物……。

クルトさんの言った、明らかな高額ワードに思わず尻込みする。

その時、リタがスッと私の背後に立って囁いた。

「お嬢様、値段を聞くなんて、そんなみっともない事しないでくださいよ。公爵様に失礼ですからね」

「でも、金より希少価値が高いって……」

「今回の結婚式は公爵様とご縁のある他国の賓客もいらっしゃるんですから、ケチってる場合じゃないんですよ。しかも国王陛下のご厚意で王宮にある教会で挙式するんですからね！」

その言葉に、思わず固まる。

「あの公爵様の嬉しそうな顔、見てくださいよ。もう決定事項ですよ」

「リタ……」

「お嬢にお金を使うのが、公爵様の楽しみっすからね」

「テトまで！　で、でも……」

その時、満面の笑みを浮かべたレオンが、デザイン画をこちらに差し出した。

「どうだろう、ティツィ。私も少し案を出してみたんだが、良いと思わないか？」

曇りのない澄んだダークブルーの瞳が真っ直ぐに私を見て柔らかく微笑む。

腰から溶けてしまいそうなその笑顔に反論の言葉など出ない。

「あ、素敵……です」

実際に素敵なデザインで、思わず目を奪われる。

何よりも、私のためにレオンが考えてくれたことが、ただ嬉しい。

「そうか、気に入ってくれて嬉しいよ。……早く、君がこのドレスを着たところを見たいな」

そう言って、耳元で囁く吐息交じりの声に全身が熱を帯びる。

くそう！　顔だけじゃなく声までも良いなんて！

恥ずかしくて思わず心の中で悪態をついてしまう。

「お姉様、早々に素敵なモノが見つかってよかったですわね！　私、ちょっと他のジュエリーも見たいので、一階の店舗に行って見てきますわ！」

リリアン様がそう言うと、レオンがゆっくり見てくると良いと言って送り出した。

「姉上、僕も少し街を見て回っても良いですか？　港の組合とも話をしておきたい事があるので」

「あ、俺もサリエ様のお使いがあるんで、オスカー様とご一緒します」

「オスカー殿！　もしご迷惑でなければ僕もご一緒してもよろしいですか？」

「ええ、構いませんよ」

ウォルアン様が目を輝かせながらはいっと手を上げたのを見て、レオンがクスリと微笑んだ。

「じゃあ小一時間、自由行動とするか。セルシオ、お前はウォルアンの護衛についていってくれ」

「承知いたしました」

「テト、オスカーをよろしくね」

「ウィス」

テトの陽気な返事と共に、笑顔でオスカーとウォルアン様が出ていく様に胸の奥がじんわりと温かくなる。

「二人が仲良くなってくれて嬉しいです」

「そうだな、ウォルアンがオスカー殿から学ぶことも多いだろうな。……ところで渡したいものがあるんだが」

そう言ってレオンは胸ポケットを探る。

「これを……」

レオンから差し出された、シルクのハンカチに包まれたものに目を見張った。

「これは……？」

「先日、南部海域の魔物の討伐に行っただろう？　その時に退治した魔物たちの魔石だよ」

海に住む魔物から取れる魔石は青みを帯びたものが多く、濃淡、大小いろいろな種類の魔石は、まるで彼の手の中に小さな海があるようだ。

「どれか気に入ったものがある？」

「え？」

「以前君を宝石店に連れて行った時、金額をこっそり従業員に聞いていただろう？　それで購入するのを渋っていたから。……私自身が用意した魔石で作れば石代はかからないからね」

バレてる！

いつの間にか横で宝飾店のスタッフさんが用意してくれたお茶とお菓子を配膳していたリタが、小さく「ぷっ」と笑ったのが聞こえた。

確かに、以前ドレスだの宝石だの一式揃えると言って連れ出された際、目の前に並べられた装飾類を見て驚愕したのを覚えている。

普段は騎士服で装飾品など滅多につけないし、つけてもシンプルな小さな石のついたピアスぐらいのものだ。

公爵夫人になったらそんなものつけられないなどと言っていられないのは分かっているのだけれど、その値段が自分にふさわしいものか自信がなく、結局購入に至らなかったのだ。

「もちろんアクセサリーの加工の値段が、と言われたらそこは譲(ゆず)って欲しいと君にお願いするしかないのだけれど」

そう言って優しく私の手を取り、手の甲(こう)ではなく指先に優しいキスを落とした。

そうして私を見上げた瞳と目があった瞬間(しゅんかん)、呼吸が一拍(いっぱく)止まり、その後熱が顔に集まるのが分かる。

いや、なんか……。普通(ふつう)に手の甲にしてもらうより恥ずかしいような……。

そう思いながらハンカチの中を覗くと小さな魔石に惹(ひ)かれた。

「で、では。お言葉に甘えてこれにしても……？」

顔に熱が上がるのを感じながらも、その魔石を一つハンカチから取り出した。

「これ？」

意外といった顔をした公爵様がその石を手に取る。

「君はもう少し明るい色が好きなんだと思っていたけれど……。でも君が選んでくれたのは嬉しいな。どんなアクセサリーがいいかな？」

柔らかく微笑みながら言う彼の目を直視できず、思わず視線を手元に移す。

「出来れば、普段使い出来るようなシンプルなピアスか、指輪がいいです……。あまりゴテゴテしていると、気後れしそうですし……」

そう言いながら自分のハンカチに載せて、レオンに渡す。

「分かった。そのように作らせよう」

レオンが嬉しそうにその魔石を受け取ったその時……。

「あらあら、公爵様の瞳の色ですね」

と、リタがお茶をテーブルに置きながら言った。

「っ……！」

「え？」

ビクンと背筋が伸び、顔どころか、身体が熱くなった。

リタは平静を装った顔をしているが、本心はニヤニヤしているのが分かる。

目が！　目が笑っている！　この上なく楽しそうに！

リタはなぜ私がこの色の魔石を選び、ピアスか指輪を選んだか分かっているのだ。

レオンが、手に持った魔石と私の顔を交互に見て何か言おうとした。

「私、リリアン様と下の店舗を見てきます！」

そう言ってその場を逃げ出そうと立ち上がろうとしたが、不意に右手を掴まれ、元いた場所に『ぽすん』と座る。

「レ、レオン……」

先程の澄んだ柔らかなダークブルーの瞳と打って変わり、急激に熱を帯びた瞳になる。

「私の、瞳の色……？」

私を見つめながらリタの言葉を繰り返したレオンに、リタが答える。

「その澄んだ濃紺の魔石は、公爵様の瞳の色とお見受けいたしますが？」

お願いだから黙って！　と言いたいのに、私の顔を覗き込むレオンから目を逸らせない。

魔物から取った魔石は色々な効果がある。

その魔石が持つ効果は魔物によって異なり、また、色の透明度が高いほど強い魔物から取れる。

例えばクラーケンから取れる魔石は特殊で色がない。

水晶やダイヤのようで、透明度が高ければ高いほど癒やし効果は高い。

そして魔石というのは贈る事にも意味がある。

『永遠に君だけを守り、全てを捧ぐ』

平民ですら弱い魔物を狩って恋人や、告白の際に贈るプレゼントにするくらいだ。

特に自分の瞳の色と同じもので、ピアスや指輪など、日常的につけるそれは所有欲、独占欲の表れを示し、お互いの結びつきを示す。

つける側も相手に縛られることを意味する。

恋愛結婚の多い平民ではよくある魔石のプレゼントだが、政略結婚の多い貴族ではそういった行為はレアケースだ。

「ティツィ……君は、意味を分かって言ったのか？」

不快ではないぞくりとするような声と、そっと私の頬に触れたレオンの手の熱さに、心臓が早鐘を打ち始めた。

「あ、お嬢様、私はリリアン様と、お嬢様に合うジュエリーを見て参ります」

「え⁉」

助けを求めて目を配らせたのにも関わらず、リタの裏切りに思わず声を上げる。

「あ、で、では、我々も、ピアスと指輪等ご参考用の商品を持って参ります。ルーイもデザイン画を持って来なさい」

「かしこまりました」

リタに倣ったのか、クルトさんとルーイさん、スタッフ全員がそそくさと逃げるように次々と部屋を出て行き、レオンと私だけになってしまう。

こんな、色気の暴力と二人っきりにさせられたらたまったものではない。

「リ、リタ！　ちょっと待……」

「ティツィ。答えて」

思わずリタの出て行ったドアに伸ばした手をそっとレオンが指を絡めて、より近距離で濃紺の瞳が見据えてくる。

その瞳と同じ色の魔石を身につけていることで、レオンには私だけなのだと折に触れ感じることができるだろう。

けれど、リタが先程『公爵様の瞳の色』と言った時、レオンが驚いたということは、彼にその意図はなかったはず。

本人の意思がないのに、レオンの瞳の色の石を欲しいと言った自分の強欲さが恥ずかしくなった。

——私だけだと思って欲しい。

何と答えていいか分からず、思わず羞恥に俯いた。

「ティツィ……。そんな顔で俯くっていうのは、『相手の瞳の色の魔石』を受け取る意味を知っていたと取るよ？」

「そ……そんな顔って！」

そんなに気まずい顔が正直に出てしまっていただろうか。

「鎖骨から、耳まで真っ赤にして……。何だろう。私は試されているんだろうか……」

いつの間にか、腕に置かれていた手は解かれて腰に添えられ、絡められた指をレオンが優しく握り、彼の柔らかな唇が手の甲に触れる。

そのままゆっくりと近づく顔を直視できずぎゅっと目を瞑ると、鼻先でふっと笑われたのが分かる。

至近距離で感じるレオンのムスクの香りに頭がくらりと酔ったような気分だ。

小さなリップ音と同時に鼻先に触れた柔らかな何かがレオンのキスだと気づいて、そっと目を開くと、蕩けるような笑みを浮かべたレオンが嬉しそうにこちらを見ていた。

「この魔石をピアスや指輪にしたら受け取ってくれる？」

レオンのその言葉と、柔らかな声と瞳に思わず、握られた手を無意識に握り返した。

「い、頂けるなら……嬉しいです」

そう答えると、レオンが私の肩口にコテンとおでこを預ける。

「気持ちを受け取ってもらえるというのは、嬉しいものだな……。何より、君自身が私だけのものだと思ってくれていたことが嬉しいよ」

「そんな、ハッキリ言わないでください！」

「でも、これを着けてくれるということは、公言するのと同じだろう？」

「えっと……。タッセルと一緒に入れて持ち歩いてはダメですか……？」

そう言って、胸元に仕舞っていた小さな麻袋の紐を少し引っ張ると、その手を掴まれ、レオンの整いすぎた顔に満面の笑みが広がる。

「ダメに決まっているだろう？」

笑顔なのに、『でも』と反論できないほどの圧を感じ、黙って紐を元の場所にそっと戻した。

「ティツィ。君が『これ』をあるべき場所に着けてくれるというのなら、私の心配もほんの少し減るというものだよ。ティツィが誰のもので、君の心がどこにあるのか。百人中一人でも、この魔石を見ただけで君に心奪われないものが出てくるのなら、他の男を牽制する時間が君を愛する時間に充てられる……」

「お、お言葉ですが、私は男性にモテたことは一度もありませんよ」

レオンの妖しいほどの色気に声を上擦らせながらそう言うと、レオンは「クッ」と小さく笑う。

「君がそんなだから私の心配が絶えないのだと、分かってもらいたいな」

「そ、そんなって……」

これ以上、息の詰まるような色気で近くにいられたら、心臓が早く動きすぎて壊れてしまうんじゃないかと思うほど早鐘を打っていた。

不意に、柔らかなレオンの唇に自分のそれが塞がれる。

「レオ…っ」

「いつまでもそのように無防備では、私の気が休まる日は来ないな」

キスの合間に囁かれる言葉に、抵抗する力も出ない。

「待って、待っ……」

「君がきちんとピアスと指輪を身に着けると言えばやめるよ」

「着けます！　きちんと耳と！　指に！」

即答すると、唇を離したレオンが「もっと粘ってくれてもいいのに」と笑った。


「で、結局下に降りて来たんですか？」

一階の店舗で、ショーケースを見ながらリタが言った。

レオンは支配人に、表に出ていないピアスやイヤリングのジュエリーを出してもらい、先程の部屋で見ている。

「あのまま二人っきりだったら私の心臓は過労死よ」

「いい死に方ですね」

「冗談じゃないって！」

「そう仰るなら、その緩んだ顔をどうにかしてください」

「なっ！」

リタが、ショーケースの横の試着用に置いてある鏡を私の前にスッと置くと、そこには真っ赤になった私の顔があった。

恥ずかしくて、思わず下を向くと、上からリタの声が降ってくる。

「幸せでいいじゃないですか。お嬢様には重たいぐらいの愛が丁度良いですよ。私は嫌ですけど、どうぞ存分に幸せを噛み締めてください」

途中の余計な一言を敢えて拾わず、ショーケースに顔を伏せて「……どうも」と小さく返した。

私だって分かっている。

レオンがいつも私をどれだけ想ってくれているのか。

けれど、この幸せがいつまで続くのかとふと不安が過ることがある。

レオンがくれる気持ちの一つでも返せているのか、示される愛情にうまく応えられず、恥ずかしくて何もできないでいる自分が、いつか『つまらない』と愛想を尽かされるのではないかと。

「……うさぎ?」

その時、伏せていたショーケースに並べられた指輪が視界に入り、思わず声が出た。

「わぁ、可愛らしいですわね。私このうさぎさんが素敵だと思いますわ。目のガーネットが綺麗です」

ひょっこりと顔を出したリリアン様が目を輝かせて私の視線の先の指輪を指差した。

「これは、最近リリアン様のお年頃の貴族の方に人気のもので、動物をモチーフにしたものなんです。リリアン様、着けてみられますか?」

いつの間にか、リリアン様を案内していたルーイさんが、ショーケースからうさぎの指輪を取り出した。

その横には、馬やテディベア、猫にライオンや小鳥などをモチーフにした指輪が沢山並んでいた。

「あら、テディベアなんて、以前お嬢様が公爵様から頂いた揃いのぬいぐるみを思い出しますね」

リタが言っているのは、アントニオ元王子に婚約破棄されてすぐ、レオンから求婚の贈り物が届いていた頃のものだろう。

「あの頃の公爵様も今と変わりなく、お嬢様への想いの示し方は同じですね」

「そうね」

あの頃も今もレオンのくれる想いを返せていないと思った時……。

「……あっ！　ルーイさん、ちょっとご相談いいですか⁉」

そう言って、俯いていた顔を勢いよく上げた。

「どうした。楽しそうだな」

ルーイさん達と話していると、レオンが二階の応接室から降りてきて、声をかけられた。

「レオン、もうお話はいいのですか？」

「あぁ、話も詰められたし、リリアンは？」

「先程オスカー達が戻って来たのですが、ルーイさんに近くのお薦めのカフェを聞いて、リリアン様も一緒にそちらに行ってます」

「そうか、では私たちも行くか？」

「ええ、歩いてすぐのところみたいですよ」

そう言って、支配人とルーイさんに挨拶をした。

「では、レグルス公爵様。ご注文のお品が完成次第すぐにでも王都のレグルス邸にお届け致します。お時間頂戴致しますが、どうぞよろしくお願い致します」

「支配人、ルーイ嬢。こちらこそ急がせてすまない。よろしく頼む」

二人がそう挨拶した後、ルーイさんが近寄って耳元で囁く。

「ティツィアーノ様、またご連絡いたしますね」

「よろしくお願いします」

そう言うと、「腕によりをかけます」とルーイさんが囁きながら微笑んだ。

そうして、ベイリーツ宝飾店を後にして、レオンとリタと三人で二ブロック先のカフェに足を運ぶ。

「何かあったのか？」

「え？」

「ルーイ嬢と最後に話していただろう？」

ぎくりと思わず体が強張る。

「あ、ええ。……ちょっと素敵なモノが見つかって」

「へぇ、珍しいな…ティツィが宝石に興味を持つなんて。どんなデザインか興味あるな」

「あ、いえ。本当に大し……た」

「ティツィ？」

ふと聞き慣れた甲高い音とリリアン様の緊迫した声が耳に入り、思わず体が硬直する。

「レオン！　カフェに急ぎましょう！」

そう言って、急いで人混みを縫って進んだ。


「オスカー様、助けていただきありがとうございました」

目的のカフェに着くと、テトやセルシオさん、騎士団員に押さえ込まれた数人の男たちが放せと喚いており、その横で剣を抜いたオスカーにリリアン様が礼を言った。

「いいえ、……ご令嬢。あの場で当然の事をしたまでです」

見たこともない、少し強張った顔と、ひんやりとした言い方をしたオスカーに思わずギョッとする。

あの可愛らしいオスカーが……しかも名前を知っているはずのリリアン様をご令嬢と呼ぶなんて。

「お嬢」

「テト、何があったの？」

押さえ込んでいた男たちを騎士団員に任せ、テトがこちらに走ってくる。

それと同時に、レオンは、ウォルアン様達の無事を確認するため、セルシオさんのところに行った。

「それが、貴族を見て金目の物を狙ったのか、リリアン様達に急に襲いかかってきた集団がいて。一般人みたいなんで、誰も怪我せず簡単に押さえ込めたんすけど……」

そう言ってテトは気まずそうに、チラリとリリアン様とオスカーの方に視線をやる。

何があったのだろうか。

「オスカーがリリアン様を守ったの？」

「あ、そうっすね。オスカー様も戦われました。まぁ、戦うと表現するほどの物ではないのですが、オスカー様は剣を使うこともなくさらっと倒しちゃったんで」

「あの子も、成長したのね……で、オスカーは、恥ずかしがってるのかしら」

リリアン様とオスカーの異様な雰囲気に割って入る事などできず、思わず遠目に見守ってしまう。

「いや……、何ていうか。そうじゃないと思うんすけど……」

来客のご夫人、ご令嬢に対していつも柔らかい対応をしているオスカーを見ていたので、予想外過ぎてびっくりしてしまった。

先程のレオンに対しての様子とはかけ離れ、ひんやりとした空気を漂わせている。

「……あの！　馬車に乗った時から私の事を避けていらっしゃるようですが、私、何か貴方をご不快にさせる事をしましたか⁉」

リリアン様が意を決したようにキュッとオスカーを見て言った。

「いいえ、『僕』には何も」

オスカーが言った一言にリリアン様がビクリと体をすくませる。

「オスカー、どうかした？」

そのやり取りが少し心配になって声をかけると、オスカーは少し傷ついた顔をしてこちらを振り向いた。

「いいえ、何でもありません、姉上。……馬車の用意をさせてきます」

そう言って周囲に挨拶をすると、オスカーは騎士団員たちの方に去って行った。

「何があったのかしら……」

「まぁ、多分あれっすよ。お嬢に言った事、許せてないいんじゃないっすかね」

「何？　私に言った事って」

「ほら、前の結婚式の時、リリアン様がお嬢の控え室に来て言った一言ですよ。俺、あの時初めてオスカー様が怒ってるの見ましたからね」

「ええ？　そんな昔の事？　私が勝手に勘違いしていただけでリリアン様が悪いわけじゃないのに。私……オスカーと話をしてくるわ」

「やめた方がいいっすよ。オスカー様だってきっと分かってるんすから」

そう言ったテトの言葉に、結局声をかけられなかった。

「あ、そういえば母上はどこにいらっしゃるのかしら。最近はここの海の魔物の討伐に度々足を運んでいると仰っていたけれど」

「呼んだか？」

背後から覗き込まれるように、私と同じ茶色の髪の毛が視界を塞ぐ。

「母上！　……気づきませんでした」

「はは、ティツィに気づかれないようにするのも訓練になるな」

柔らかく微笑む母に、かつてあった眉間の皺はない。

「サリエ殿、お久しぶりです」

戻ってきたレオンが、母に挨拶すると、母もレオンに挨拶を返した。

「母上は今日も海に討伐に来られたのですか？」

「いや、今日はお前が来ると聞いて、渡したいものがあったんだ」

そう言って母が麻袋を取り出した。

「これは？」

「お前が以前公爵に貰った『クラーケンの魔石』だ」

「クラーケンの魔石……ですか？　でもこれはサルヴィリオ騎士団にと残して行ったものなのですが」

「お前が貰ったものだろう？　ティツィの気持ちは嬉しいが、騎士団に在庫はあるし、この海域にも出没していたようで、最近数匹狩ったから心配ない」

そう言って渡された大きな袋を受け取ると、水晶のように澄んだ、良質の魔石が入っていた。

「……ほとんど減っていないな」

横から覗き込んだレオンが意外そうな声を上げる。

「そりゃそうですよ。公爵様に頂いた魔石を無駄に消費しないように、いつも以上にお嬢は入念な事前調査と、団員の対魔物の模擬戦に力を入れていましたからね。おかげで怪我人の数は激減し、騎士団員もより効率的な戦い方ができるようになって……」

「テト！」

「そうか。使ってもらおうと贈ったが……思わぬ効果が出てたんだな」

「大事に使いたかったので……」

テトが余計な事を言うから、正直に白状すると、レオンが嬉しそうに頬を緩めた。

その表情があまりに甘すぎて、当時のレオンから届いた贈り物と手紙を思い出す。

婚約前に送られてきた沢山の手紙は、赤面するほどの愛を綴った言葉が並べられていて本人が書いたものだなんて信じられなかったけれど、今なら分かる。

レオンが折に触れて紡ぐ言葉も、優しい触れ方も、向けられる柔らかな瞳でさえも、彼の愛を感じない訳がない。

けれど、いつだって受け取るばかりで、何一つ返せていないからこそ、これからは少しでもレオンの支えになれるように、『公爵夫人』として頑張ると決めたのだ。

「あぁ、そうだ。テト。私は一旦国境警備の件で領地の屋敷に戻るが、お前はティツィ達と王都に行っておいてくれ」

「王都のサルヴィリオ邸って事っすか?」

「そうだ。結婚式の後の『狩猟大会』に久々に私も出ようと思うから、準備だけしておいてくれ」

「承知しました」

私たちの結婚式の後はイベントが目白押しで、毎年恒例の王家が主催する『狩猟大会』が控えている。

更にその後には、アッシュ殿下の立太子式が予定されているのだ。

「母上が参加なさるのですか？」

「そうだ。ここ何年も国境警備で参加していなかったからな。なんでも今年の優勝賞品が豪華らしいから、腕が鳴るよ。ティツィは出ないのか？」

「私は式の前ですし、それに今後は公爵夫人として仕事や立場も考えてそういったことは控えようかと……」

本当は出たいのだけれど、今はそんなことをしている時期ではない。

ただでさえアントニオ元王子のせいで『野猿』とまで堕ちた評判を、これ以上堕としてレオンに恥をかかす訳には行かない。

「出ればいいいんじゃないか？」

そう言ったレオンの言葉に目を見張った。

「え？」

「今後控えようと思っているのなら尚更、結婚記念に出ればいいよ」

「で、でも」

「そもそも、初級者向けから上級者向けまで区画が分かれていて、年若い令嬢達も参加する催しだからな。私の母上も昔はよく参加されていたぞ？」

「前公爵夫人もですか？」

その時、私の後ろに控えていたリタが私にだけ聞こえる声で囁いた。

「お嬢様、参加しましょう。『アレ』のためにも」

そうだ、『アレ』はどこかで調達するつもりだったけれど、絶好のチャンスだ。

「では、お言葉に甘えて、参加させていただきます！」

そう言って、初めての狩猟大会に胸を躍(おど)らせたせいか、思った以上の声の大きさで参加表明をしてしまった。

第2章　理想と現実の乖離

「初めまして、ティツィアーノ嬢(じょう)。レオンの父、ヴィクトだ。こちらは妻のライラ。会えて嬉(うれ)しいよ」

旧モンテーノ領から小旅行も兼(か)ね、十日程(ほど)かけてのんびり王都のレグルス邸(てい)に帰ると、予想外の『初めまして』に一瞬(いっしゅん)思考が停止する。

帰宅と同時にサロンで前公爵(こうしゃく)夫妻が待っているとアーレンドさんに告げられ、急いでサロンに足を向けた。

「初めまして。ティツィアーノ＝サルヴィリオと申します」

「父上も母上も、お帰りになるなら手紙の一つでも寄越(よこ)して下さいよ」

「水臭(みずくさ)いこと言うなよ。お前のために急いで帰ってきたんだぞ」

「結婚(けっこん)の報告をしてすでに半年経(た)ってますけどね」

レオンは呆(あき)れたように言うが、目の前のキラキラが強烈(きょうれつ)すぎて思わず目を細めてしまう。

あぁ、こんな旅行用のラフなドレス姿ではなく、もっとちゃんとした格好で挨拶(あいさつ)をしたかった……。

ヴィクト＝レグルス前公爵様はレオンが成人すると同時に早々に家督を譲った。

当時まだ四十歳と男盛り、働き盛りにもかかわらずだ。

レオンそっくりの濃いブルーの瞳に漆黒の髪の毛。

穏やかに微笑む彼は優しい瞳でレオンの頭をガシガシと撫でくりまわしている。

その横でこちらをチラリと見たライラ＝レグルス前公爵夫人は目を見張る美貌に、見覚えのある金の髪と青い瞳。

それもそのはず、彼女は現王の妹君でアントニオ王子の叔母にあたる。

確か御年四十一歳。

年相応には見えず、リリアン様の母親というよりは年の離れた姉と言ってもなんの違和感もない。

その彼女の指にはヴィクト様の瞳の色と同じく、ダークブルーの魔石の指輪が鎮座している。

この二人の結婚に関しては、王家と公爵家という関係にもかかわらず、恋愛結婚で有名だった。

「初めまして。ティツィアーノ嬢。ライラ＝レグルスよ」

彼女の発した言葉に背筋が伸びる。

元王女然としたひんやりとした声に思わず低頭する。

「初めまして。ライラ様。ティツィアーノ＝サルヴィリオと申します」

――これは歓迎されていないパターンだ……。

以前、テトにレオン＝レグルス公爵様について知っているかと聞いた時、『二十五歳になっても結婚どころか婚約すらしない事にご両親が泣いている』と言っていた気がするけど、一度逃げ出した花嫁が歓迎されるわけない！

しかもアントニオ王子が散々「野猿」だの「乱暴者」だの言いふらし、否定する材料もない。

誠心誠意、謝罪と説明を……。

「あの、この度は……」

「ほらほら、ライラ。そんなに緊張しないで」

……ん？

緊張してるのは私ですが？

ヴィクト様のその言葉に、疑問符が頭を埋め尽くす。

声をかけた夫に向き直る夫人は、先ほどとは打って変わった声音になった。

「だってサリエお姉様の娘さんよ。きちんと挨拶をして、いい印象を与えたいじゃない」

「サ……サリエお姉様⁉　母上の事ですか……？」

思わず頭を上げると、ライラ様はうっとりとどこかを見つめて言った。

「そう、貴方のお母様よ。サリエお姉様は今も素敵でいらっしゃるけど、当時もどの騎士よりもかっこよくて、誰よりも凛々しい方だったわ。もう城内の女性はサリエお姉様がいらっしゃる度になんとか話をしようと後をついて回ったものよ。お姉様はそれを鬱陶しがるでもなく、優しく声をかけてくださって……」

夢見る少女のように言う彼女を見ながらヴィクト様が「うーん、君の方がサリエ殿より年上なんだけどね」と苦笑いでツッコんでいるし、レオンはため息をついている。

「お母様！　ティツィアーノお姉様もとっても素敵ですわ！　サリエ様ももちろん素敵でいらっしゃるけど、いつだって私を助けてくれる素敵な騎士様ですわ！」

そこにリリアン様がライラ様の夢の世界に割って入った。

「まぁ、リリアン。さすがわたくしの娘だわ……」

と謎の感動を覚えている。

そんな二人を見ながら、「「親子だ……」」と私の後ろのセルシオさんとリタが声を揃えて小さく言った。

「あの、ライラ様。以前の結婚式の際に私が逃げ出した件ですが……。皆様にも大変ご迷惑をおかけして申し訳ありませんでした」

それでも、公爵家の顔に泥を塗った事に変わりはない。

謝罪はきちんとすべきだ。

式の当日、式場から逃げ出すなど、前代未聞。

「いいえ、謝るのはわたくしたちの方よ。リリアンもそうだけど、貴方を手に入れようと焦るばっかりの息子がきちんと手順を踏まなかったからこんな事になったのよ。兄様……陛下もアントニオも本当に貴方を振り回してばかりで……。お恥ずかしい身内ばかりでごめんなさいね。せめてわたくしぐらいはと、きちんと挨拶をしたかったのだけれど……とっても緊張しちゃったわ」

「そんな……」

申し訳なさそうに眉尻を下げる夫人は綺麗なだけでなく、とても可愛らしい。

こんなところはリリアン様にそっくりだ。

「ライラ、自然なままの君が一番だよ」

ヴィクト様がしょんぼりとするライラ様の肩を抱き寄せつつ、彼女の頬にキスを落とす。

そのままラブラブモードに突入していく二人に困惑していると、横から不穏な空気が漂い始めた。

「父上、母上……。私は何を見せられているんですか」

死んだ目で二人を見ながらレオンが地を這うような声で言う。

「いや、レオン様が言っても説得力ないですよ」

すかさずセルシオさんがツッコむと、周りのみんながうんうんと頷いている。

そんな様子をくすくすと笑いながら夫人が小さな包みを差し出した。

「あ、そうそう。あなた達にこれを渡したくて」

ライラ様から渡された柔らかな布の中には、両手に載るサイズの額縁に入れられた絵が入っていた。

ホタルや夜光虫の光で淡く光る湖畔の幻想的な風景に、半円の橋が水面に反射して綺麗な円を描いている。

その橋の真ん中に満月が宝石のように添えられ、まるで指輪の様だと思う。

「……綺麗……」

「これはね、ウィリア帝国の『鏡の池』と言う場所の絵なの」

「妖精の住まうというあのウィリア帝国ですか？」

ウィリア帝国とはエリデンブルクから海を越え、南方に位置する島国だ。

最近は国交も開かれてきたが、まだまだ閉鎖的な国で謎に満ちており、『妖精』の住まう国として有名な場所だった。

我がエリデンブルクにはリトリアーノとの国境に大きな魔の森があり、その中でも竜種が生息している場所がある。

魔物は魔素溜まりがあれば生息しているが、強力な魔物や竜種は、魔の森か南海域にしか繁殖、存在しないと言われており、その生態系は完全に摑めてはいない。

それに反し、ウィリア帝国にも魔物はいるものの、魔の森のような魔素の濃い場所は無いので強力な魔物はいないと聞く。

それは妖精が関係しているのではないかというがこちらも定かでは無い。

「そうよ。そのウィリア帝国。『鏡の池』には伝説があって、この橋の向こうには別の世界が広がっていてそこに妖精が住んでいるそうなのよ。満月の夜にだけその世界への入り口を通ることが出来て、伝説では妖精と人間が恋に落ちて愛を育んだ場所と言われているの。この橋に丁度月がかかる時にキスをすると、恋人たちは永遠の愛を手に入れられるそうよ」

うっとりと語るライラ様の話に想像を膨らませる。

「うわ……。お嬢の好きそうな話」

「夢見る乙女だからね」

テトとリタが背後で呟いた言葉は無視する。

「で、この絵を貴方たちの部屋に飾ったらどうかと思って描いてきたの」

「え⁉」

描いてきた⁉

この絵を⁉

「ライラ様がこんな素敵な絵を描かれたのですか⁉」

絵の才能などこれっぽっちも無い自分はこの幻想的な絵をどうやって生み出したのか全く分からなかった。

「やだ。素敵な絵だなんて。ふふ……ありがとう」

驚きながら手の中にある絵を見つめていると、レオンが覗き込んで絵を眺める。

「素敵な絵ですね母上。ありがとうございます。この絵は私たちの寝室に飾らせていただきます。素敵な『伝説』にあやかって……」

そう言うと、色気を孕んだ瞳で、つぃ……と私の唇を彼の親指がなぞった。

「れれれれれ……レオン？」

待って待って！

今、目の前に！　貴方の！　ご両親が！

いつの間にか腰に腕が回されており、さらに視界いっぱいに神の力作のご尊顔が近づいてきて、身動きが取れなくなる。

「やだわ。お兄様ってば、伝説に便乗してキスする気よ」

「もう、勝手にやってくんないかな。出ていっていいっスかね」

リリアン様とテトの謎の掛け合いにツッコむ余裕など無く、全身に力を込めて何とか押し留めようとレオンの胸を押し返すも、フッと小さく吐息で笑われ、揶揄われていたのだと気づく。

「あらあら。仲良しねえ」

「本当。これで僕らも安心して世界中を旅できるというものだよ」

ヴィクト様のしみじみと言った言葉に、レオンが呆れたようなため息を溢した。

「何を今更おっしゃっているんですか。早々に私に家督を譲って、お二人で辺境から辺境まで飛び回っていたじゃありませんか」

「まぁ、そうなんだが、精神的には随分楽になるよ。でも確かに辺境にいたせいで、君たちの結婚の知らせが届くのに数ヶ月かかってしまって……。でも今回は間に合って良かったよ。ライラも満足いく絵が用意できたようだしね」

「でも、この子ってば、本当に中々結婚どころか婚約者すら見つけようとしないから、それが唯一の心配事だったんだけど、まさか……ティツィアーノ嬢……もうティツィちゃんで良いかしら……との結婚話を持ってくるだなんて……。よくやったわ！　さすがわたくしの息子ね！　っていうか、そもそも、兄様がティツィちゃんを取っちゃうから、こんな面倒くさい事になっちゃったのよ」

「え⁉」

ライラ様のその発言に、一瞬思考が停止する。

もちろん、その場にいた全員が目を見張った。

「兄様はサリエお姉様に憧れていたから、お姉様に結婚を申し込んだけど袖にされたのよ。きっと何がなんでも繋がりが欲しかったのね。ティツィちゃんが生まれてすぐに息子の嫁にって言ってたもの。うちのレオンにだって是非お嫁に欲しいって言ったのよ。でもレオンは『なんでもいい』って……」

「「え⁉」」

前後左右からレオンに視線が集中するのが分かる。

「待て！　知らない！」

「言ったわよ。ティツィちゃんがアントニオと顔合わせに行ったとき、あっちは絶対ダメになるから、こちらにお願いしましょうねって。きっとサリエお姉様はあんな子にお嫁にやらないわって……。それで王宮まで行ったのに、貴方ってばさっさと騎士団の訓練場に行っちゃうんだもの」

その話を聞いて顔面が蒼白になる。

「あの後、兄様の勝ち誇った顔と言ったら……。っく……。きっと、お姉様が王宮にいた頃はわたくしばっかり可愛がっていたから根に持っていたんだわ。本当に、器の小ささは親子だわ！」

拳を握りしめて悔しがるライラ様の言葉を聞いたレオンが、見るからにがっくりと項垂れた。

「……君の成長を、少女から大人の女性に花開く瞬間を、婚約者としてずっと見守っていられたはずだったなんて知らなかった。人生の八割を損した気分だ」

それは、私も同じ考えだ。

あの時、アントニオ王子との婚約を断れるなんて思っていなかったのだから。

「でも、……きっと何もなく婚約していたら、貴方にこんなに想ってもらえなかったかもしれない。レオンが私を知ったのは初陣の時でしょう？」

「そんなはずはない。今毎日、どんどん君を好きになっていくのに君に恋に落ちないなんて考えられない。昨日よりも、朝よりも、これ以上好きになれるハズないと思うのに、心は君に囚われてばかりだ」

そう言ってレオンがそっと私の頬に触れる……。

私を見つめる濃紺の瞳に胸が締め付けられた。

「レオ……」

「やだ。あの子。本当にダレ？」

「僕たちの息子だよ」

「あの子も恋を知るとあんなになるのね。今までわたくしたちを散々白い目で見てきたくせに」

聞こえてます！

聞こえてますよヴィクト様！　ライラ様！

二人のヒソヒソではない会話に、ときめいた胸は羞恥にとって代わられ、レオンはレオンで気まずそうに咳払いをする。

「ま、まぁ。母上も父上も王都に戻って来ていただいた事、ありがとうございました。有り難くこの絵は頂戴いたします」

「あ、そうそう。こちらに向かう前にウィリア帝国に行った時、フィローラ皇女にお会いしたのよ。それで、貴方の結婚の話をしたら是非お祝いに参加したいって仰るから結婚式にご招待したの」

「フィローラ皇女ですか？」

「ええ、アッシュ殿下の立太子式にはもともと参加されるご予定だったのだけど、貴方達の結婚式に合わせて観光や、各国との諸々の交渉も兼ねてもういらっしゃってるのよ。今日我が家にいらっしゃるという事だったから、そろそろだと思うのだけど……」

ウィリア帝国のフィローラ皇女といえば、お会いしたことはないけれど、その存在は有名で、『ウィリアの至宝』と呼ばれる帝国の皇女だ。

美しい銀の髪に紫の瞳を持つ彼女は人あらざる美しさで、誰もが一目会った瞬間心を奪われるともっぱらの噂である。

そんなことを思い出しながらも、王太子妃教育時代の頭の中にある帝国の情報を収集する。

ウィリア帝国は、絹やレース、繊細で精巧な刺繍など質の良い生地が有名で、各国の貴族が好んで使う。

以前は輸出入等、他国との交易も限られていたのだが、最近は貿易に力を入れていると聞く。

「ライラ様、ウィリア帝国のフィローラ皇女がいらっしゃいました」

「あら、良いタイミングね。是非、こちらにご案内して！」

サロンの入り口でアーレンドさんが告げた言葉にライラ様の顔が綻んだ。

そして、サロンの入り口から、ふわりと香る甘やかな香りと共に入って来た女性に目を奪われた。

彼女が間違いなく『フィローラ皇女』だ。

噂に違わぬ美貌に、思わず息を呑む。

いや、噂以上だ。

発光しているかと思わずにはいられない銀の髪は月の光を集めたようで、透き通る程の白い肌は毛穴ひとつ見当たらない。

薄紫の瞳はアメジストのように煌めいている。

うっすらと開かれた唇に目が吸い寄せられ、女性ですら見惚れることは間違い無いだろう。

そうして彼女の着ているドレスはエリデンブルクでの流行ものと異なり、胸の下から切り替えられ、ゆったりと流れ落ちる生地は彼女の儚さと幻想的な美しさを引き立てている。

まるで、女神のようだ。

「ライラ様。ご招待ありがとうございます」

その声さえも、透き通っている。

一つ一つの仕草が優雅で、その指先の動きにまでも目を奪われた。

「フィローラ皇女、よく来てくださったわね。紹介するわ。ええと……レオンは面識があるわね。こちらが息子の婚約者のティツィアーノ＝サルヴィリオ嬢よ」

「ご無沙汰しております。フィローラ皇女殿下」

「初めまして。ティツィアーノ＝サルヴィリオと申します」

ライラ様の挨拶に始まり、レオンの挨拶に面識があったのかと少し驚いた。

「レオン様、お久しぶりですわね。お元気そうで何よりですわ。最後に会った時とお変わりないようで」

女神が微笑んだ美しさのなんたることか。

優雅な微笑み方から、首の傾け具合まで完璧な仕上がりだ。

「皇女殿下におかれましても、二年前と変わらぬお美しさで」

そう言って、レオンが微笑んだことに驚いた。

彼が、こんなふうに他の女性に微笑むところなんて見たことがない。

いや、そもそも彼が令嬢方と話しているところすらほとんど見たことがなかった事に気づいた。

「相変わらず女性を持ち上げるのがお上手ね」

フィローラ皇女の言葉に、思わず耳を疑う。

レオンが『女性を持ち上げるのが上手』？

その言葉にいいしれない不安が込み上げた。

レオンはとても優しいけれど、他の女性を持ち上げるような言動はあまりしない……はずだ。

「初めまして。フィローラ＝ウィリアよ。貴方がサルヴィリオ伯爵令嬢ね。この度のご結婚おめでとうございます」

にこりと向けられたその笑顔の下にある視線に、一瞬で私の品定めをされた事に気づく。

「ありがとうございます」

「私、お二人の結婚祝いにご用意したものがありますの」

そう言って後ろに控えていた侍女が彼女の身の丈半分ほどの大きさに、厚みが手のひらほどの箱を私に差し出した。

「あ、ありがとうございます」

「どうぞ、開けてみて」

花のように微笑んだフィローラ皇女の言葉に箱を開けると、正方形の額縁いっぱいに広がった刺繍に目を奪われた。

外に広がるように施された繊細な紋様の刺繍。その中心にはレグルス家の家紋。

レグルス家の獅子に陰影が施された見事な刺繍に、その場にいた全員が息を呑んだ。

「これはすごいな」

「貴方達の結婚と聞いて私が刺しましたの。気に入っていただけると嬉しいわ」

レオンの感嘆にさらに柔らかな表情で微笑むフィローラ皇女に、誰もが心を奪われている事だろう。

アントニオ元王子の側にいたマリエンヌのそれとは全く異なるもので、媚びるような目でもなく、自分の美しい体つきを見せつけるわけでもなく……。

そこにある雰囲気が美しい。

そのフィローラ皇女の心が誰に向いているかなんて、一目瞭然だ。

「私が先日ウィリア帝国にお邪魔した際に殿下がお茶会を催して下さった時も、お土産に素敵な刺繍のハンカチをいただきましたものね」

「まぁ、ライラ様にお褒めいただき光栄ですわ」

「これを殿下が全てお作りになったのですか？」

「レオン様の、レグルス家の繁栄を願って。時間はかかりましたが、満足のいくものができましたわ」

そんなレオンと皇女の会話を聞きながら、自分の胸元にあるタッセルの存在を思いだす。テトに『ギリ四本足の何か』と言われたタッセルの刺繍は、元々人前に出すのも嫌ではあったけれども、今はどこか別の遠い場所に隠してしまいたいほどの衝動に駆られる。

そもそも、タッセルを胸元に仕舞っていたのは、『レオンに憧れている』と思われるのが気恥ずかしかったからだ。

今は、自分の不器用さがただただ恥ずかしくて、誰も私に『刺繍』について触れないでと怯えるように願う。

「フィローラ、僕はいつ紹介してもらえるんだい？」

「ニコラス」

不意にフィローラ皇女の後ろから、困ったように微笑みながら男性が声をかけた。

皇女の横に並んだ男性は、フィローラ皇女と同じ銀髪に紫の瞳。

整いすぎた顔立ちと醸し出す雰囲気は血縁者に間違いない。

「君の力作で盛り上がっているところ悪いんだけど、僕もご挨拶したくてうずうずしてるんだ」

「あら、ごめんなさい。貴方を放っておいたつもりは無かったんだけれど。皆様、私の連れを紹介させてくださいませ。彼はニコラス＝フォン＝アストローゼ。今回使節団の一員として一緒に参りました、私の従兄妹です」

『フォン』は王家に連なる者を意味し、アストローゼ家と言えば、ウィリア帝国の筆頭公爵家だ。

「ニコラスは昔から竜や魔物の出てくる冒険物語が大好きで、エリデンブルクに来るのを楽しみにしていたの。我がウィリア帝国に魔物はあまりいないから。皆さん仲良くしてくれると嬉しいわ」

今回は他に同行している外交官や、財務大臣など数人いるそうだが、今日は個人的な事なので、アストローゼ公爵と、数人の侍女だけ連れて来たそうだ。

人好きのする笑顔で自己紹介をしたアストローゼ公爵にきっとエリデンブルクの女性が熱狂することは間違いないだろう。

「初めまして、アストローゼ公爵様。ティツィアーノ＝サルヴィリオです。是非エリデンブルクを楽しんで行ってください」

「ありがとうございます。……貴方があの有名なサリエ＝サルヴィリオ殿の御息女ですね。お噂は予々。あの魔の森に隣接する国境警備の騎士団団長をされていらっしゃると聞いて、屈強な女性を想像しておりましたが……、こんなに可愛らしい方だなんて想像もしませんでした。お会いできるのを楽しみにしていたんですよ」

柔らかな表情で他人からの『可愛らしい』という慣れない言葉に一瞬戸惑う。

こんな綺麗な顔立ちの人に、眩しい顔面をお持ちの人達が揃っているこの場で言われても萎縮しかできない。

「とんでもございません。ところで、アストローゼ公爵様は魔物にご関心があるとの事ですが……」

「ええ！　少年時代に読んだ『竜と勇者』という冒険譚がありまして、毎日母や乳母に寝かしつけの際に読んでもらったものです！　あのハラハラドキドキの戦いに、最後に出て来る白竜との邂逅。勇者と心惹かれ合う王女との恋愛模様から、勇者の厳しい生い立ちと、描かれる全て、一言一句暗唱できるほどです！」

「まさかあの『竜と勇者』ですか？　エリデンブルクにもありますが、同じものでしょうか？　私も幼い頃よく読んでいました！」

「ええ、恐らく、エリデンブルクの本を翻訳したものだと思います。勇者の名前は『アレクサンダー』ですよね。僕は九歳で初めて読んだのですが、あの時の感動が忘れられません」

「当時私は七つだったと思うのですが、ボロボロになるまで何度も読んでいました」

話題を変えようと思って切り出したのだが、懐かしい共通の話題に思わず下がっていた気持ちは持ち直していた。

本が発売されたのが、丁度アントニオ王子との婚約前だったのを覚えている。

出てくる勇者というのが、黒髪で、クールな印象を持つ彼に何度レオンを重ねたか分からない。

彼と最後に結ばれる王女に自分を重ねていたのを知っているのはリタとテトだけだ。

思いがけない『愛読書』に、自然と会話も盛り上がる。

「ところでティツィアーノ嬢は魔物討伐にも行かれると伺いましたが、あの本に出てくる『ブラックボア』の料理は実際召し上がるものなのですか？　美味しいですか？」

「ええ、実際捕えた場合は魔石を取り出した後に食材にすることは多々あります。栄養価も高いですし、携帯食や保存食を少しでも持たせるためにも。実際騎士団員はブラックボアを見ると、みんな率先して狩りに行こうとしますから」

みんなと討伐したあの頃を思い出し、ふふ、と自然と笑みが溢れる。

「ここにいる騎士も、一人で一頭平らげたこともあるんですよ。私の侍女も遠征時は同行していたので、『ボア料理』は好きでしたよ」

そう言ってテトとリタを紹介すると二人が挨拶をする。

「お嬢様はお料理がとてもお上手なんです」

「え？」

何？　急に。

にこりと言ったリタの言葉に思わず驚く。

「あぁ、遠征でお嬢に作ってもらった『ブラックボアの煮込み』は最高でしたね」

「本当に美味しかったわねぇ」

しみじみと言う二人に、変な回想話を出さないでと言いたくなる。

「たまたま魔の森で採れた食材があったから作っただけよ。そもそもあの食材……」

「ティツィアーノ嬢が自らお料理をなさるのですか？　騎士達でなく？」

「アストローゼ公爵様、料理と呼べるようなものではありませんよ。本当にぶつ切りにして煮込んだだけなので」

「ぶつ切り……」

フィローラ皇女の小さな呟きを拾い、ちらりと彼女に視線をやると、信じられないものを見ているかのような冷ややかな視線が送られていた。

「一度サルヴィリオ伯爵令嬢の手料理を頂きたいものですね」

「私も是非頂きたいわ」

アストローゼ公爵の言葉に同意してフィローラ皇女が笑顔で言うが、目が全く笑っていない。

食べたいなんて絶対思ってませんよね⁉

「お二方、食べる価値はありますよ！　あの時お嬢は僕ら騎士団員のために一生懸命ブラックボアの煮込みに使う食材を探してくれたんです」

「テト！」

「部下のためにそんなことまでされるなんて素晴らしいですね」

「そうなんです。お嬢は煮込みのクオリティを格段に上げるモリュ……んぐ」

それ以上余計な事を言わせないために、思わずテトの口を塞いだ。

「あはは、とても公爵様や皇女殿下がお口にされるようなものではありません」

「料理上手な女性はいいですよね」

煮込み料理に必要な、地中に埋まっているモリュフというキノコを探すために、地面をクンクン嗅いでいたなんて知られたくなく、令嬢らしからぬ滑稽なシーンを思い出し、思わず赤面してしまった。

ニコリと笑うアストローゼ公爵様の言葉に「た、たまたま良い食材が手に入ったんです」と苦笑いするしか無い。

フィローラ皇女は美しすぎる刺繍のタペストリー。

かたや私は王太子妃教育を受けていたにもかかわらず、出てきた話題は魔物駆除で捕えた猪の魔物のぶつ切り煮込み。

同じ会話の中に入れるのも烏滸がましいほどで、羞恥に顔が赤くなる。

「私はお料理ができないから羨ましいわ。刺繍するぐらいしか趣味がないというのは恥ずかしいものね。是非こちらにお邪魔している間に頂きたいものだわ」

「機会があれば、是非……」

柔らかな表情から発せられる少し棘を感じる言葉は、卑屈になっている私の受け取り方の問題だ。

貴族女性は料理なんてしない。

してもお菓子作りが趣味という令嬢もいるが、それでも少数派で、魔物を捕獲するところから、捌いて調理する令嬢なんてどこを探してもいないだろう。

適当に会話を濁そうとすると、後ろから小さな囁きを拾った。

「ティツィの……手料理……？」

ひんやりとしたレオンの声色に思わず振り向く。

この話を切りたいのに、変なところに食いつかないでと叫びたくなる。

「テト、貴様は何度食べたんだ？」

「え？　な、何すか？　お嬢の料理？　言っときますけど食べたの俺だけじゃないっすよ？　ルキシオン副団長もリタも俺と同じくらい食べてんすから、俺を殺しそうな目で見ないでくださいよ！」

「答えになってない。何回食べたか聞いてるんだ」

「そ、そんなん覚えてないっすよ。えーっと……、リイ鳥に、レッドボア、ブラッディラビットに、ダークスネイクに……」

指折りしながら数えるテトの口を塞ぎたいのに、レオンの謎の重たいオーラに動けなくなる。

「……いいなぁ、僕も食べたい」

そう横で呟くアストローゼ公爵に、心の声がダダ漏れですけど！　と、突っ込みたくなる。

「レオン様、お話し中に申し訳ないのですけど、私今から商談がありますので、ここで失礼いたしますわね」

「フィローラ皇女。商談とは、以前お話をされていたあれですか？」

テトに向けていた謎の威圧が消え、少し驚いたようにレオンが言った。

「ええ、以前レオン様にご相談に乗っていただいた件のアレです。最近ようやく軌道に乗って参りましたので、エリデンブルクでも少しずつ始めようかと思いまして」

「そうですか！　何かお困りの事がありましたら是非ご相談ください。私の母も力になると思いますし」

「ええ、ありがとうございます。お言葉に甘えて、その時は是非ご相談させていただきますわ」

そう言って、フィローラ皇女は私に眩い笑顔を向ける。

「では、ティツィアーノ嬢。ご機嫌よう」

彼女は甘やかな香りを公爵邸に残し、去っていった。

「ティツィ。父と母が色々と済まない。昼食の時も君に質問攻めで。疲れたろう？」

皇女殿下が帰られてから皆で昼食をとった後、レオンが庭でも散歩しようと誘ってくれた。

相変わらず香りの強くない花を、レオンが植物図鑑から選び、庭師と相談して綺麗な庭を造ってくれている。

ここに来て季節は三回移り変わり、咲き誇る花も、興味のなかった私を楽しませてくれていた。

何よりレオンと過ごすこの穏やかな時間が好きだ。

そして、部屋には庭の花と、スイートリリーが常に活けられていて、いつだってレオンの想いを、存在を感じる事が出来る。

「私は式の前にお会いできて嬉しかったですよ。素敵なご両親じゃないですか」

「君がそう思ってくれるならいいんだけど」

少し困ったように眉尻を下げたレオンがなんだかとても可愛い。

「ヴィクト様は本当にライラ様の事を大切に思っていらっしゃるんですね」

あんなふうに自分の人生を賭けて愛してもらえるのはどんなに幸せだろうか。

「そうだね、両親がお互い罵り合うところは見たことがないな。ヤキモチを焼いて喧嘩することはあっても、その理由が理由だけに使用人含め、誰もが生温かい目で見ているかな」

「ふふ。素敵ですね」

レオンのご両親の思い出話を聞きながら歩いていると、庭が途切れ、訓練場が視界に入った。

ちょうど昼からの訓練の時間で、剣と剣のぶつかり合う音が聞こえる。

剣を握ることは好きなのだけれど、ここ最近は訓練もしていないのでなんだか懐かしく感じる。

「寄って行く？」

「え？」

思わずレオンの顔を見上げると、柔らかい瞳でこちらを見ていた。

「体動かしたいんじゃないかと思って」

そう言いながら訓練場を指差した。

「行きたいですけど……。式の前に怪我をする訳にはいきませんから……」

「あはは、大丈夫だよ。私が相手をするし、模擬剣でなく木刀にすれば。他にも魔法攻撃無しとかルールを作ってやればいい。馬車に乗りっぱなしで体が強張ってないか？　それに旅行の締めに丁度いいだろう？」

確かに長時間馬車に揺られて、体の血流が悪い気がする。

それに、最近は公爵夫人の仕事を教えてもらうために、デスクワークばかりで疲れ方が半端ではなく、気分転換に旧モンテーノ領に行ったものの、出来れば体を動かしたいと思っていたのだ。

レオンはいつでも訓練に参加していいと言ってくれているけれど、なんとなく練習に出にくい雰囲気を自分で勝手に感じてしまっているのだ。

「ん？」

と、私の顔を覗き込んだレオンが優しく微笑む。

きっとこの微笑みの前では、全てが許されることだろう。

「では、お言葉に甘えて」

そう言って、一緒に訓練場に向かって歩いて行った。

「全然鈍(なま)ってないな」

「そうですか？　でも、なんだか木刀でも重たい気がします」

訓練場の端(はし)っこで、木刀を交えながらレオンが言った。

「気になるなら、毎日持ったほうがいいんじゃないか？」

「そうですかね。素振(すぶ)りならリタも許してくれるでしょうか……」

そんな話をしながら、木刀に魔力(まりょく)を流しつつ上から振り下ろす。

「そうだな……、リタは剣だこが……とか言いそうだな」

ははっと笑いながら私の振り下ろした剣を簡単に横にいなされる。

「ええ。もうすぐ結婚するんだし、私も公爵夫人として女らしくしないといけない事は分かっているんですが……」

そう言うと、レオンがぴたりと動きを止めた。

「レオン？」

なんの反応もないので、打ち込んでいいのか分からず取りあえず声をかける。

「私は君に『女らしく』なんて望まないよ」

「そりゃぁ、女らしさのかけらもないですけど……」

思わず不貞腐(ふてくさ)れて、軽く頬を膨らましてしまう。

するとふっとレオンが笑った。

「ティツィがティツィらしくあってくれるだけで私は幸せだし、君がそうあり続けられるよう努力するつもりだ」

柔らかく微笑みながら発せられた言葉に今度はこちらが固まってしまう。

そして途端に、間合いを詰めてきて、耳元で低音で囁かれた。

「君が可愛いのは十分分かっているし、そんな事は他の男が知らなくていい」

さらに抵抗できない色気を出しながら、ふっと吐息で笑った。

その言葉に赤面してしまった私の木刀にレオンが『コン』と軽く合わすと、簡単に私の手から離れる。

「はい、お終い」

にっこりと笑って言ったレオンに、思わず抗議の声を上げようとすると……。

「……ねぇ、あの子達はいつもあんななの？」

ライラ様が訓練場の入り口に立ち、異国の扇を口元に当てて、そう呟いた声が聞こえた。

周りが騒がしいのもあるが、レオンとの訓練に集中しすぎて彼女『達』が来ている事に全く気づかなかった。

「いつも『あんな』ですよ」

そうして一歩後ろに控えているセルシオさんが、遠い目で返事をする。

「どこに色気があるの⁉　剣を片手に愛を語るなんて、信じられない！　あんな息子に育てた覚えはないのに！　可愛いけど！　ティツィちゃんが戦うところ可愛いけど！　でもなんか違うのは分かるでしょう⁉」

「大奥様、レオン様はあれで大満足なんです。見ましたか？　あのティツィアーノ様のキラキラした目を。一心にレオン様の動きに集中する姿を。彼女に尊敬の篭もった目で見つめられるあの時間がレオン様にとって至福の時なんですよ」

「……」

　セルシオさんのその言葉に、ライラ様は言葉を失くす。

　聞いているこちらも言葉を失くす。

「彼女すごいなぁ。僕も交ぜてくれないかな」

「ヴィクト。貴方まで……」

「でもほら、見てごらん。他の騎士団員も間違いなく彼女に刺激を受けている。レオンが規格外なのは当然と思っていた連中が、体が一回り小さい女性にあそこまでの戦いを見せられているんだ。男のプライドが刺激されるのも当然だろう」

「さすがヴィクト様。よくお分かりですね。彼女の魔力は生後三ヶ月の検査で赤ランクだったそうです。サリエ様のご息女と言えど、所詮赤ランクと侮っていた連中もいたようですが、誰も彼女に勝てませんからね。ここ最近は訓練に参加されていませんが、以前はレオン様直々にお相手されていましたし、サリエ様も婚約当初よくいらっしゃってティツイアーノ様と訓練されていたのもあり、手がつけられませんでしたからね」

「それは、是非手合わせしてみたいなぁ」

「と、ヴィクト様の様に手合わせをしようとティツィアーノ様に近づくと、レオン様が直々に相手をしてやろうと阻止するので、騎士団のレベル上げが半端ではないのです。お陰様で良い相乗効果を生んでいます」

「やだ、あの子超嫉妬深いのね」

「そうですね。嫉妬レベルも魔力同様、金ランクです」

ねぇ、そこで聞こえる様に話するのやめてくれないかな。

めっちゃ聞こえてるんだけど。

だんだんと距離を詰めて来る彼らの会話は、私だけじゃなく絶対レオンにも聞こえているはずだ。

恥ずかしい会話が耳に入りながらも、気づいていないフリはできない。

「母上、こんなところにまでどうされたのですか？」

レオンが小さくため息をつきながらライラ様に向き直った。

「ほら、ライラ様言ったじゃないですか。レオン様のお楽しみの時間を邪魔してはダメだって」

セルシオさんがライラ様に囁く声はもちろん私には聞こえている。

チラリと横のレオンを見ると、聞こえていなくても、セルシオさんの話の内容を本能的に不愉快なものと判断したのだろう。

怒りのオーラが滲み始めた。

「嫌ね、レオン。お客様が来られたからわざわざ呼びにきてあげたのに」

「客？」

「そうよ。貴方達の結婚式のお祝いに来られたそうよ」

ライラ様はそう言って、屋敷の方向を冷たい目で見た。

「なんで貴殿がこちらに？　お忙しい中、式に参加していただくなど恐れ多い」

――訳すと『なんで貴様がここに居るんだ。失せろ』かな、とレオンの言葉を聞きながら目の前のお客様を見つめる。

訓練場から戻ると、不愉快な客が訪れていた。

婚約式から半年経ち、やっと晴れの日を迎えられそうという時に……。

「めでたい日にお祝いに来たんだよ。そんな額に青筋を立ててることないじゃないか」

誰をも惹きつける金色の瞳、人当たりの良さそうな、それでいて私にとっては不愉快極まりない笑顔。

そこにはリトリアーノ国第一皇子のカミラ殿下と、その国が誇るベレオ騎士団長が立っていた。

レオンは言葉こそ丁寧だが、不快感を隠す事なく二人を睨みつけている。

「君たちの結婚式が執り行われると聞いて、いてもたってもいられなかったんだよ。ひどいじゃないか、声をかけてくれないなんて。本来の目的はカサノ村での後処理……国交回復の為の狩猟大会と、立太子式に参加する為にエリデンブルクに来たんだけど……もうモンテーノ領はサルヴィリオ領に統合されたんだって？」

嘘くさいにこやかな表情の中に、鋭い視線を向けてきた。

「ええ。これで国境警備がしやすくなったと母も騎士団のみんなも言っています」

「モンテーノ領の真珠養殖に関しても僕が貰うつもりだったのになぁ」

カミラ皇子のその言葉を聞いて思わず頭に血が上ってしまう。

拳を握りしめて、彼の飄々とした顔を睨みつけた。

「……アントニオ王子は王籍を剝奪され囚人達が強制労働させられているタロイ鉱山へと送られ、そしてモンテーノ家は一家断絶。首謀者であったモンテーノ男爵は処刑され、マリエンヌは終身刑です。……何も……っ何も感じませんか？」

なんでも無いことのように話すカミラ皇子に、何か思うことはあるだろうと思わず言葉にしてしまう。

「別に。彼らだってそれを承知で僕らと手を組んだはずだし、他国の僕より彼らの方がリ

スクが高いと分かっていたはずだよ」

　私も審判の全てを見届けた。彼らの末路は当然だ。

　国を裏切ったモンテーノ男爵の処罰に民衆は歓声を上げていた。

　平民からすれば欲の限りを尽くし、自分達を見下し、虐げたモンテーノ家のその姿に興奮するのは当然だろう。

　その時の熱気は立ちくらみがするものだった。

　それは分かっている。分かっているけれど……。

「不満そうだね」

「そうですね。分かっていても簡単に自分の中で処理できるお言葉ではありませんから」

　その時ふっと肩に温もりを感じた。

　見上げると、レオンが優しくこちらを覗き込んでいた。

「ふふ……。まぁ彼らの話はいいじゃないか。実はお祝いはもちろんなんだけど、お願いがあってきたんだ」

　どうでもいいように手を振ってその話題を強制終了させたカミラ皇子は極上の笑みを浮かべる。

「なんですか？」

「ちょっと、トラブルに巻き込まれて、立太子式までの間、匿って欲しいんだよね」

「お断りします」

レオンが即座に一刀両断する。

「ひどいなぁ、間髪容れずに断るなんて」

さもショックを受けたように大袈裟な反応を示すカミラ皇子を、レオンは冷めた目で一瞥した。

「貴方と関わって、碌なことがまずないですし、そもそもトラブルを抱えている時点で、検討の余地なしです」

レオンの言葉に私も横でうんうんと頷く。

「実はさ、弟に命を狙われているっぽいんだよね」

「はっ、おたくのお家騒動に我々を巻き込まないでいただきたい」

鼻で笑ったレオンにカミラ皇子が意味深に笑みを返す。

「だ、そうなんだけど、君はどう？　ティツィアーノ嬢」

「え？」

「僕は、ここより安全な場所は無いと思っている。王国騎士団団長であるレオン＝レグルスがいて、更にその父君であるヴィクト＝レグルスがいる。彼の戦闘における実力も折り紙付きだ。そして何より君がいるからね、……ティツィアーノ＝サルヴィリオ」

意味深にこちらに視線を流す彼に、嫌な予感しかしない。

「……どういう意味ですか？」

「君の実力を疑うことなどしないけど、レオン＝レグルス公爵の、唯一の人が住んでいる場所だ。この屋敷を取り囲む結界は以前僕の駒が公爵家に侵入した時張ってあったモノとは比べられないほど強化されている。サリエ＝サルヴィリオですら簡単に入れないだろう」

「だから何だと言うんだ。ティツィを守るために張った結界であって、貴様を匿うために張ったものではない」

怒りを含んだ冷ややかな声でレオンがカミラ皇子を見据える。

「僕は『ティツィアーノ』にお願いしているんだ」

「私が決められることではありません。まだ私は婚約者の身ですから」

「ふふ……。自覚がないというのは恐ろしいな。『鶴の一声、君の言葉が法である』だよ」

「何を言って……」

「それに、王城に僕の部屋は用意してあるけれど、僕だけが身分あるものではないし、これから続々と賓客が来るんだろう？　……王城の警備が分散されるのは目に見えている。ここが狙われないわけがないだろう」

「王宮の騎士団も精鋭達だ」

「分かっているさ、公爵。でも僕としても気を遣っているんだよ。僕のトラブルに他国の王族達を巻き込んだらエリデンブルクとしても困るだろう？　それにここでもしティツィアーノに断られたらそのことを王宮で話題にしちゃうかも」

「……貴様っ！」

レオンが腰に据えた剣を抜くのではと思うほど、怒りに震えている。

「ねぇ、ティツィアーノ。僕が立太子式までに殺されるかもしれないよ？　もしくは君に会うのは今日が最後かもね」

その言葉に、ざわりと心臓が早鐘を打った。

「まぁ、君を攫おうとした僕の命がどうなろうと気にもならないかもしれないけど、あの『モンテーノ親子』の最後に心を痛めた君だ。縋ってみるのも悪くないだろう？」

「自分の命を取り引き材料に使うなんて……っ」

思わずそう溢した言葉にカミラ皇子はさらに笑顔を深める。

もし、カミラ皇子がこのまま王宮に戻り、私に『断られた』と話したら、エリデンブルクの貴族だけではない、諸外国の王族や来賓の心証が悪くなるだろう。

私の悪評など慣れているけれど、レオンにも、レグルス家にも泥を塗ることになる。

陛下や、アッシュ殿下にことの事情を説明すれば、王族の来賓客だからとレグルス家にカミラ皇子の護衛を任せることなど無いはずだ。

けれど、カミラ皇子の言う通り、ここは国の誇る王国騎士団の団長自らが張った結界で、決して警備も手薄ではない。

彼の『命』を守るなら……。でも……。

「いいだろう。公爵家で貴様の身柄を預かってやる」

「レオン！」

「但し、立太子式が終わり次第早々に帰ってもらうからな」

「ありがとう、公爵。君ならそう言ってくれると信じてたよ。……段々僕への言葉遣いが荒くなろうともね」

そう言ってカミラ皇子が満足そうに微笑む。

「……レオン」

「ティツィ。気にしなくて良いから。これが最良だ」

レオンが私の気持ちを考えてくれたのが分かる。

カミラ皇子の命を引き合いに出されて揺れた私をレオンが慮ってくれたのだ。

けれど、私の気持ちを汲んでくれたのに、こんなにも苦しい。

私はまたレオンの足を引っ張った。

『最良』な訳がない。

私ごときが泥を塗られたところで、今までレオンやヴィクト様が築き上げてきたレグルス家の栄光には何の問題も無いだろう。

既にトラブルを抱えている存在を匿う必要など無いのに、カミラ皇子の脅し文句に一瞬怯んだ自分が悪い。

「レオン、断りましょう」

「いや、寧ろ手の内にあったほうが監視がしやすい」

「監視だなんてひどいな」

くすくすと笑うカミラ皇子の余裕に、そして彼の口車に簡単に乗せられた浅はかさに、さらに惨めな気持ちになり、無意識に拳を握りしめた。

その時、そっとレオンが私の手に触れ柔らかく微笑んだかと思うと、カミラ皇子に視線を戻す。

「監視だよ。カミラ皇子。心配するな、君を匿う部屋は別棟にして、父上と私自ら結界を張ろうじゃないか。当然、サルヴィリオ家にも……、サリエ殿にも助力をお願いして、ネズミ一匹、蟻一匹出入りできないように、貴様を守ってやろう」

そのレオンの言葉に初めてカミラ皇子の笑顔が凍りつく。

「……僕はそこまでして欲しいなんて言ってないよ。ただ、公爵邸にいさせてくれるだけで十分安全だと思うんだけど」

「なんだ？　分かってて言ったんだろう？　私にとってティツィが最優先だと。彼女の心を守るのは当然だが、彼女の安全の確保も一〇〇％でないと貴様なんぞ屋敷に置ける訳が無いだろう？　貴様が死んだら何のために匿ってやったのか分からないし、やるからには全力でやるよ」

「レオン、待って。母上やヴィクト様にまで迷惑を掛ける訳には。やっぱり断って下さ……」

「ティツィ。君はもっと他人を頼ることを、甘えることを覚えたほうがいい。君は一人で抱え込んで、自分でやろうとするが、……それは素晴らしいことだと思うけれど、君の周りの人間はきっと頼って欲しいと思っているよ。少なくとも私はそう思っている」

「レオン……」

『頼って欲しい』という彼は、私に負担を、責任を感じさせないように言ったのだろう。

そうして私を安心させるように微笑んだレオンに、カミラ皇子が、「レグルス公爵の彼女への溺れ具合の見積もりが甘かったか……」と呟く声が聞こえた。

「カミラ皇子、匿う以上は持てる情報は全て出してもらうぞ」

「まぁ当然だよね、こちらも当然そのつもりさ」

そう言って微笑んだ皇子の話した内容は、王位継承権のこじれとそれに伴う、ある『マジックアイテム』に関してだった。

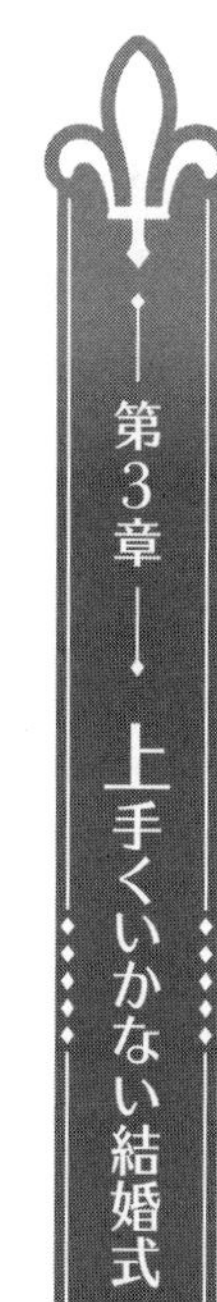

第3章　上手くいかない結婚式

今日は王都一の本屋『ボレイ書店』にレオンと二人で来ていた。

『ここで見つからない本は無い』と言われるほどの広大な敷地面積を誇るボレイ書店は、初めて足を運んだ人は迷子になること間違いないだろう。

カミラ皇子がレグルス邸に来てから特にトラブルは無かったが、結婚式は三日後と迫った。

今日、朝食後にリタに「注文していた真珠の飾りと、ネックレスも届き準備は万全です。本日お嬢様はもう暇なのでどこかお出かけされてはいかがですか？　明日からはお風呂にエステに休む暇などありませんから」と言われた。

私がする事はなくても、リタたちはやる事が山積みだそうで、何か手伝おうかと言うもすげなく断られる。

当然、レオンのいる前で言われたものだから、街でも散策しようかとレオンに誘われ、一度来てみたかった『ボレイ書店』にやって来たのだ。

書店に併設されたオープンカフェで一息つこうとレオンに誘われ小休憩を挟んだ。

通りに面した席は気持ちいい風に吹かれながら街の賑わいも感じられて心地いい。

が、店内にいる女性や、横の通りを歩く女性たちの視線はレオンに集中しているのが分かる。

ヒソヒソと「あの隣の女性は誰かしら」「妹？」「侍女じゃない？」「恋人ではなさそうね」なんて会話がガッツリ聞こえてくる。

「ティツィ、それ美味しい？」

そんな女性達の会話が聞こえているのか、慣れているのか、泰然と微笑みながらレオンが聞いてきた。

暑いからと注文した果実水も口の中に広がる甘さと爽やかさが絶妙で、一緒に注文したクリームたっぷりのフルーツタルトも絶品で幸せが体を満たしていく。

「ええ、美味しいです」

「良かった。ところで、たくさん本を買ったみたいだけど、いい物が見つかったみたいだね」

「え、ええ。……以前読んでいた小説の続きが出ていて、時間のある時に読もうかと思っています」

「へぇ？　何て本？　私も読んでみようかな」

「いいえ、ただの恋愛小説なのでレオンの好みには合わないかと」

思わず紙袋に包まれた数冊の本を無意識に椅子の背もたれと私の背中の間に隠す。

この中に恋愛小説は一冊だ。

しかもカムフラージュ用の。

レオンが他の本棚を見ている間に目に留まった恋愛指南書。

そのタイトルに目を奪われた。

『恋人と長続きする十五の掟』

『彼の心を摑んで離さない女でいるために』

『男心の秘密』

思わず手を伸ばした一冊の第一行目にあった言葉から引き込まれた。

『一、〈男は狩人〉である。故に常に追いかけられる姿勢を緩めてはならない。自分を全て曝け出すのではなく、どこかミステリアスな部分が必要だ』

――ミステリアスって何!?

『二、常にブレずに芯があり、相手に依存しないことも大事である』

――はい、現在進行形でレオンに頼り切っています！

『が、自立する女性に頼られることも男心を離さない秘訣である』

――そのバランスと、やり方を具体的に書いてくれ！

『三、自分に自信を持ち、常にポジティブでいること』

――その自信と、思考はどこに売ってますか⁉

『四、魅力的な笑顔に、素直な感情表現、甘え上手であることも大切』

――さっきと書いてあることが逆！

そうやって夢中になっている間に、コソコソと読み切ることは不可能と感じ、カムフラージュ用の小説と一緒に購入してきたのだ。

これ以上話を深掘りされては困ると話題を逸らす。

「あ、レオンは何かいいものが見つかったんですか？　何か買ってましたよね」

「え？　あ、あぁ。探していた経営学の本が見つかったよ」

「レオンは騎士団の仕事に公爵家の経営をきちんと両立していて、すごいですね……。私は王太子妃教育と両立するのも必死で、余裕なんてありませんでしたから」

「そうかな？　大部分を部下に任せているのも大きいと思うけどな。アーレンドも優秀だが、セルシオもああ見えて優秀だからな」

「セルシオさんは優秀ですよ。レオンのせいで霞んで見えるだけです」

「セルシオが聞いたら喜ぶな」

笑いながら言ったレオンがお茶を口元に運ぶ姿は何とも優雅だ。

なんで女の私よりレオンの方が、雰囲気が出てるのと言いたいが、もうこれは持って生まれた『品格』だろう。

「あっ！　ごめんなさい」

どんっと椅子に何かがぶつかり、謝られた声に少年だと気づく。

「ティツィ！」

「ごめんなさい！　僕前を見ていなくて……」

「大丈夫よ。貴方は大丈夫？」

「はい、僕は大丈……。あ！　みんな待ってよ～！」

通りをキャッキャと楽しそうに走っていく少年少女を恨めしそうに見ながら少年が声を張り上げた。

「ふふ、早く追いかけないと置いていかれちゃうわよ。今度はちゃんと前を見てね。怪我しちゃうから」

「あ、ありがとうございます！」

そう言って少年は先を走っていく集団に追いつこうと去っていった。

「元気ですね」

笑いながらレオンを見ると、何とも言えない無の表情をしたレオンが私の椅子の下あたりを見て固まっていた。

「……ティツィ」

「え？　何ですか？」

何だろうと思ってレオンの視線の先を見ると、そこには私の背中に隠していたはずの本が散らばっていた。

「……‼」

その瞬間、一瞬で全身の血が沸騰するのではないかと思うほど体が熱くなり、慌てて床に散らばった本をかき集め、袋の中に戻す。

「見、見ました？　……よね」

「そうだね」

悠然と笑ったレオンに、思わず羞恥から反抗心を出してしまった。

「れ、レオンは恋愛なんて、余裕かもしれないけど、私にはいっぱいいっぱいなんです。見て見ぬふりをしてくれてもいいじゃないですか」

いつだって翻弄されるのは私だけ。

レオンの仕草にも、醸し出される雰囲気にも、不意に息が止まるような色気にも、半年一緒にいたって免疫なんてつかない。

いつだって反応に困る私をレオンは楽しそうに、笑うのだ。

「ティツィには、私が余裕あるように見えている？」

「そうですね、常に超余裕に見えます」

「……そうか。でも多分そう見えているのは君だけだよ？　君に関して余裕なんて感じたことは一度もない。少しでも気を抜けば君は私の指からするりと去っていくだろう」

「何を言って……」

「逃がさない為に、いつだって必死だよ」

そう言ってレオンが私の頬に手を当て、何かを拭うような仕草をした。

「レオ……」

「クリームついてた」

その指をぺろりと舐めた仕草に、周囲の女性から黄色い声が上がる。

「か、顔洗ってきます！」

慌てて、顔を隠しながら奥のパウダールームに向かって逃げていった。

「ふぅ」

パウダールームの端っこで、火照った顔を水で冷やしながら席に戻るタイミングを見計らっていた。

「何が『余裕なんて感じたことない』よ。余裕のない男はほっぺについたクリームをあんなふうにとって舐めたりしないわよ……」

ブツブツと呟きながら、席に戻る為に周囲の状況を確認しようと聴覚を強化する。

「ミア嬢、さっきの女性見ました？　フィローラ皇女ですわよね」

「まぁ、テイラー嬢も気づかれました？　レグルス公爵様と並ばれると本当に絵画から抜け出たようでしたわね」

ため息をつくような声で話す聞き覚えのある令嬢方の声が聞こえ、さっきまで火照っていたはずの体が一瞬で冷えた。

結婚式にも参列される伯爵家と子爵家の令嬢方だ。

「フィローラ皇女様はレオン＝レグルス公爵様とご結婚のお話がおありだったでしょう？」

「お見合いのような場があったみたいですが、両国の条件が合わなかったのか婚約に至らなかったそうですわ」

「まぁ、公爵様も残念でしたわね。どう見たって皇女殿下の方が全てにおいて優れていらっしゃるのに、大して美人でもないティツィアーノ様とご結婚することになるなんて。皇女殿下と公爵様お二人のお似合いなこと。そう思いません？」

「テイラー嬢のおっしゃる通りですわ。憧れますわね」

そんな会話を聞きながらも、震える腕でパウダールームのドアをあけ、早足で戻ったテーブルの光景に思わず足が止まる。

レオンの向かい……先程まで自分が座っていた席にいたのは、想像通りフィローラ皇女だった。

二人が並ぶその光景に、呼吸を忘れる。

『絵画から抜け出たよう』

先ほどそう言っていた令嬢達の言葉が蘇（よみがえ）る。

まさにその通りだ。

周囲は一定の距離（きょり）を置いて二人を見ており、レオンと皇女の周囲は近寄りがたいオーラが出ている。

「――それはぜひお話を伺（うかが）いたいですね」

「あら、でしたら是非（ぜひ）リリアン様もご一緒に。素敵（すてき）なお店のお話も伺いたいですわ」

「リリアンもご一緒しても？」

「もちろんですわ。『レアリゼ』を経営されてらっしゃるリリアン様とはとても有意義な時間が過ごせそうですわ」

ふふふと、柔（やわ）らかな笑（え）みを湛（たた）える皇女殿下の向かい側に座っているレオンも、彼女に柔らかく微笑んでいる。

『令嬢達を冷たくあしらう――』

以前、テトにレオンの印象を聞いた時の言葉を思い出す。

どうして彼の笑顔が私だけのものと思ったんだろう。

私に向けられるものが、私しか知らない彼の柔らかい瞳（ひとみ）が……。

った。

胸の奥に何か不快なものが溜まり、黒く重たい澱が、じわりじわりと心を侵食していった。

「あ、ティツィ。お帰り」

声をかける前にこちらに気づいたレオンが、笑顔で私の名前を呼び、立ち上がった。

そのことになぜか安堵する。

——良かった。……まだ。

脳裏をよぎったその考えに、なんて浅ましい感情をと自分を叱りつけた。

『まだ私の事を好きでいてくれる』なんて、いつまで経っても成長しないな……と、ため息をつく。

綺麗な女性が側にいるからと言って、レオンはそんなに簡単に心を奪われたりしない。

大丈夫。大丈夫。

まだ、大丈夫。

そう自分に暗示をかけるように、ぎゅっと拳を握った。

「レオン、お待たせしました。……フィローラ皇女殿下も、今日は街を散策ですか？」

そう彼女に挨拶すると、私にもにこりと彼女が微笑む。

その後ろにいたアストローゼ公爵に「こんにちは」と笑顔で声をかけられ、彼の存在に今更ながらに気づき、慌てて挨拶を返した。

レオンと皇女の並ぶ姿しか目に入らなかったが、実際はアストローゼ公爵も、彼女の侍女の人たちも当然一緒だった。

そしてフィローラ皇女の後ろに控える侍女たちは、明らかに私に冷ややかな視線を向けていて、それを隠そうともしていないけれど、そんな視線には慣れている。

「こんにちは、サルヴィリオ嬢。今日は私の事業の関係でサロンをまわってましたら、レオン様をお見かけしたのでご挨拶を」

「事業……ですか」

「ええ、我が国では紡績業が産業の軸となっているのだけれど、私も服飾関係の事業を始めましたの。ドレスやバッグ、靴などの販売をしているのだけれど、女性を飾るのが楽しくて。趣味が高じたものですけれど、以前、レオン様がウィリアに来てくださった時にご相談をしたことがあって、レオン様のおかげで上手く行ってますの」

そう言ってレオンを見上げたフィローラ皇女の目はキラキラと輝き、美しさを増している。

「殿下、私のしたことなど話を聞いただけにすぎませんよ。貴方の努力と実力が成し得た事です」

「レオン様、謙遜ですわ……、でも褒めていただけて嬉しいです」

「ティツィ、……彼女の国では女性の地位は遥かに低く、働くことすら難しい。寡婦や孤児となった人たちは、男性の保護の下でしか生きられない。彼女はそんな人たちの為に事業を立ち上げ、働く場所と学ぶ場所を提供しているんだ」

それは皇女といえど簡単なことでは無いだろう。

この国でも女性の立場は男性よりも低く、女性騎士だって少ない。けれど、働き口が無いというわけではないし、女性が経営する店舗も多く、活躍している女性は多い。

「レオン様、だからこそ貴方にご相談に乗っていただけて力になりましたの。立ち上げから、古い慣習に固執する議会の反対など、色んな壁がありましたけれど、頑張ってこられましたわ」

「ティツィ、フィローラ皇女は生地の製造からデザイン、縫製、販売まで全て手がけていて、今回の訪問はその取り引きに関してする販促の目的もあるんだそうだ」

「素晴らしいですね」

「ふふ、メインはレオン様の結婚式とアッシュ殿下の立太子式ですけどね」

「ティツィアーノ嬢、皇女殿下の事業は我が皇帝陛下も後押しをしていらっしゃるので、僕もお力添えができればと同行させてもらったんです」

にこりと微笑む公爵様は、彼女の手がけている事業についても話をしてくれた。

服だけでなく、化粧品や香水なども製造販売しているそうだ。

「僕も広告塔として殿下の作った香水をつけているんです」

確かに彼からは、この国の男性がつけるものとは違う香りがするが、匂いに敏感な私でも、決して不快な香りではなく、爽やかで、抜けるような香りはとても好感が持てる。

「殿下のセンスはとても素晴らしいですね。とても爽やかな香りでアストローゼ公爵様のイメージにピッタリです」

そう言うと、「ありがとうございます」と彼は微笑んだ。

フィローラ皇女は美しいだけじゃない、国民の弱者の為に、自分で事業を展開し、その交易の為に自ら動いているのだ。

自分の足で立っている殿下は決してお飾りの女性ではない。

リリアン様と有意義な話ができそうと言っていたのも、殿下同様のお店を経営しているからで、当然の話だ。

どうしてレオンと皇女殿下の結婚話が流れたのだろうかと不思議に思わずにはいられない。

閉鎖的なウィリア帝国との交易を目的とした結婚話はレオンが帝国に行く予定だったのか、それともフィローラ皇女がこちらに来られる予定だったのかは定かではないが……。

チラリと視線をレオンにやると、「どうした?」という表情をされ、なんでもないと微笑む。

息を呑む程の美貌(びぼう)に、神秘的な雰囲気。国のために自ら動き、皇女としての役割を全うしている。

人としても素敵な女性で、先ほどの令嬢達が憧れると言っていた言葉が良く分かる。

レオンを見つめる笑顔も、言葉も、仕草も、私とは大違いだ。

フィローラ皇女はまさにあの『恋愛指南書』に描(えが)かれている内容を体現しているかのようで……。

——レオンが彼女に心奪われるのは時間の問題ではないだろうか。

そんな暗い考えが脳裏にこびり付いて離れなかった。

雲ひとつない澄(す)み切(き)った空は、最高の挙式日和(びより)だった。

「お嬢様、とうとうこの日がやって来ましたね」

新婦控(ひか)え室(しつ)でまたリタが涙(なみだ)ぐんでいる。

「ありがとう、リタ」

胸元(むなもと)で輝く真珠(しんじゅ)のネックレスにそっと触(ふ)れながら、テーブルの上に視線をやる。

あの日と同じように、部屋にはトルコ桔梗(ききょう)の花が飾ってあった。

今回レオンが用意してくれたドレスは以前のものとは異なり、この日の為に彼はたくさんのデザインを用意してくれていた。

時間をかけて試着をして、ドレスから小物に至るまで全て一緒に選んでくれた。

前回は全てが急で、君の意見を聞く時間もなかったからと、公爵家の仕事や王国騎士団長という多忙な業務の中でも時間を作ってくれたことに感謝しかない。

前回と変わらないのは、部屋に置かれたトルコ桔梗だ。

「やり直しですね」

私の視線を追ったリタがにこりと笑う。

「そうね。今度は……」

やっとこの日を迎えられたというのに、なぜか心のどこかに不安が燻っている。

「心配ですか？」

「え？」

「カミラ皇子の件もありますし、今日はあの人も参加されるんでしょう？」

「そうよ、そのために母はルキシオンまで呼びつけて……、護衛につかせてるみたい」

「ベレオ団長とルキシオンですか。ギスギスしてそうで近寄りたくはないですね」

「ね、私もそう思うわ。レオンは参加せずに屋敷に引っ込んでいろって言ったんだけど、何でも式場にはレオンのお父様に母上や父上もいて、精鋭が揃っているんだから、そっちの方が安全だってごねたらしいわ」

「迷惑極まりない……」

「まぁ、私も何かあった時の為に黒竜の剣を持ってきたけど、……使わないことを祈るわ」

「全くです」

そう言って、二人で机の上に置いてある黒竜の剣を見つめて思わずため息をついた。

その時、コンコンコンとノック音が響く。

「はい」

リタが返事をすると、耳に馴染んだ声が聞こえる。

「お嬢、失礼致します。お客様です」

そう言って、外からドアを開けたのはテトで、彼の後ろにはウォルアン様とリリアン様が立っていた。

「あ、え、ええと。ウォルアン＝レグルスとリリアン＝レグルスです。ご挨拶に伺いました」

その言葉に、先ほどの重い空気が消え、思わずリタと視線を合わせて笑ってしまった。

「どうぞ。ご足労いただきありがとうございます」

中に促すと、柔らかな笑みを浮かべたウォルアン様と、笑顔だけれど緊張したリリアン様が入ってくる。

「お忙しいところ申し訳ありません。ご挨拶させていただいてもよろしいでしょうか？」

今回は笑顔で、リリアン様が言った言葉に思わずクスリと笑ってしまう。

きっと、これはリリアン様の中での前回の仕切り直しだ。

あの日は持っていなかった小さなブーケを、リリアン様が差し出した。

「ティツィアーノ様が、お姉様になってくれてとても嬉しいです。お兄様とお姉様の末永い幸せを、心より……願っています」

「リリアン様、ありがとうございます」

表情は笑顔だけれど、リリアン様のブーケを握る手が震えているのが分かる。

彼女に近づいて少し震える手をそっと握りしめた。

リリアン様の心にどれだけの傷を残したことだろう。

あの日、自分の一言で変わってしまったと思っている歯車を元に戻そうときっとずっと悩んでいたはずだ。

大好きな兄が自分から離れてしまう恐ろしさと、ちょっとした嫉妬心が招いた結末に。

あの日の出来事は決して彼女のせいではない。

私が向き合えばよかっただけと思うこともある。

緊張からかひんやりとした小さな手を握りしめて、リリアン様とコツンとおでこを合わせた。

「リリアン様。あの日……私は逃げ出してよかったと思っています。たくさんの人に迷惑をかけて、たくさんの人を傷つけたかもしれない。けれど、貴方の言葉はずっと自分の心に巣くっていた私の不安だったんです。おかげで色んなことに向き合えました。母とも、レオンとも。私も貴方を悩ませていた事を謝らなければ」

目を潤ませて、ふるふると首を振るリリアン様は、唇を噛み締めて、何とかこぼれ落ちそうな涙を堪えている。

「だって……。ごめんなさい。私、きちんとお姉様に謝ってなかった……。新しい場所に……環境に、不安を抱えているお姉様にあんな意地悪なことを言った自分が恥ずかしい……。ごめんなさい。ごめんなさい。ごめんなさい」

涙を堪えきれなくなった、リリアン様とウォルアン様の前に跪く。

「リリアン様、ウォルアン様。これからはレオンだけじゃない。私も貴方達を守ります。お二人が大人になるその日まで。私が守ります。レオンと供にレグルス家を支えてみせますのでそばで、……見ていてくださいね」

そう言うと、リリアン様は余計泣き出した。

「だ……抱きつきたいのに、抱きつけないー！　お姉様のドレスがぐちゃぐちゃになっちゃうー」

うわぁぁんと泣くリリアン様の横で、ウォルアン様も泣いていた。

その時、窓の外から女性達の悲鳴と聞こえるはずのない奇声が聞こえた。

「ちょっと……失礼します」

その外から微かに聞こえる声に、緊迫感を覚える。

「お姉様？」

「ティツィアーノ様？」

恐らくリタ達には聞こえないであろうその声に集中し、身体強化を最大にして、目を凝らす。

「お嬢様……？　まさか、新郎控え室の会話が聞こえるなんて言いませんよね……」

リタが、乾いた笑いと共にそんなことを言っているが、声のする方に視線を集中させた。

控え室から窓の外を見ると、広い芝生の向こう側に、大きな森が広がっており、そこは狩猟大会が行われるはずの場所だった。

視界に飛び込んできたのは、その森に、そんなところにいるはずがない人物が、そんなところに出るはずのない上位種の魔物に襲われている光景だった。

女性達は、マジックアイテムだろうか、結界を張っているようだが、上位種の魔物相手に結界がいつまでも持つものではない。

そう考えている間もなく、思わず黒竜の剣を握って窓から飛び出した。

「「またかー!!」」

「いやぁぁぁ！　お姉様ー!!」

「ティツィアーノ様!!」

部屋に残した人達から悲鳴が聞こえるが、それどころではない。

彼女を、フィローラ皇女を守らなければ。

「リタ！　ついて来て！」

空中でそう叫ぶと瞬時にリタも窓から続く……。

「ちょっと!!　また俺だけ残して行くんすかー!!」

頭上からそんなテトの悲鳴が響き渡った。


「フィローラ皇女！」

森の中で、今にも壊れそうな結界の中、震えているフィローラ皇女達に襲い掛かろうとしていたフェンリルに火炎魔法をぶつけると、その光景に皇女の悲鳴が上がる。

結界の外には、いつもフィローラ皇女の側にいた侍女が二人ほど、大怪我をして倒れていた。

恐らく結界が間に合わなかったのだろう。

「お怪我はありませんか？」

そう尋ねるとアメジストのような瞳を大きく見開き、侍女たちに守られるように震えながら地面にへたり込んでいる皇女が小さな声で言った。

「あ……貴方。なぜここに……」

「間に合って良かったです。リタ、狼煙を上げて。それから彼女達の治癒を」

「はい」

そう言ってリタは、スカートの下に仕込んである諸々の中から連絡用の狼煙に魔法で火をつけた後、フェンリルに襲われたであろう地面に倒れ込んだ女性の治癒を始めた。

今の不意をついた一撃がフェンリルを昏倒させているが、私程度の攻撃で簡単にやられてくれはしない。

動けない女性たちを治癒するまで結界を張りつつ戦うしかない。

「……残念だけれど、レオン様はこの結婚をお望みでないそうよ」

「え？」

唐突に言ったフィローラ皇女の言葉に、思わず結界を張っていた手が固まる。

「『この結婚は執り行わず、貴方と一緒になりたい』と、彼の名前と家紋付きの手紙をもらったのよ」

ざわりと不快な何かが駆け上がるも、新郎控え室ではレオンとセルシオさんの声が聞こえていた。

そんなはずは無い。

万が一、レオンの心が私から離れて、フィローラ皇女に心奪われたとしても、こんなひどい裏切りをするような人ではない。

そう言い聞かせながら震える手で手紙を開き、そこに並んだ文字を見つめた……。

手紙の中には彼女の言った言葉と、待ち合わせ場所が書かれていた。

「……これは、レオンの文字ではありませんよ」

そう彼女に言うと、フィローラ皇女は言葉を失った。

「……は？」

「その手紙はレオンが書いたものではありません」

「何を言っているの！　ここに、レグルス家の家紋が！」

彼女の指差したそこには確かに、獅子が胸に一つの星を抱いている家紋。けれど、細部が異なるこれはレグルス家の家紋ではない。

「違いますよ。それは似せて作られただけでしょう」

レオンから何度も送られた手紙も、毎日部屋に飾られる花に添えられたメッセージカードも、何度読み返したか分からない。

彼女の手元にある文字とは大きく異なり、綺麗で、それでいて力強い文字がレオンの文字だ。

そう言うと、彼女はその場にへたり込んだ。

こんなに有能な彼女がレグルス家の家紋を見間違えるだろうか。

その時、フェンリルが唸り声を上げて襲いかかって来た。

躱しつつ切りつけたフェンリルの足から飛び散った血が、ドレスにかかる。

続け様にくる攻撃を避けながらも、いつもと違うドレスで足捌きの悪くなった裾を踏みつけてしまい、一瞬つんのめった。

このままでは戦うことも、彼女達を守ることもできないと思い、動きにくいドレスのスカートを太ももあたりから裂き、足元に広がっている邪魔なドレープを切った。

「リタっ……！　治癒はどう⁉」

「あと一人です！」

私一人では彼女達に結界を張りながらフェンリルを倒すのは無理だ。

襲いかかって来たフェンリルの爪を避け切れず、ドレスに飾られた真珠に当たり、真珠が弾け飛ぶ。

キラキラと、目の前で真珠が光を反射している。

あぁ、本当にどうしてこんなに私の結婚式はスムーズに行かないの……。

「お嬢様！」

「大丈夫！　リタは治癒に集中して！」

そうして黒竜の剣に通した魔力を一旦切り、氷結魔法で攻撃すると、フェンリルが間合いを取るために下がった。

「はぁっ……はっ……」

上がった息を整えながらも、剣にもういちど魔力を流し、フェンリルを見据える。

「貴方……今から結婚式だというのに……」

そう澄んだ声で私に言うフィローラ皇女は、こんな状況でも女神かと思う程完璧に美しい。

月の光を撚ったかのような銀髪に、紫水晶を思わせる澄んだ瞳は驚きで大きく見開かれていた。

そこに立っているだけで、神々しさが滲み出ている。

「サルヴィリオ嬢。貴方のような女性は……レオン様にはふさわしくないわ」

冷ややかに言った皇女殿下の言葉に思わず唇を噛み締めた。

殿下のような人がレオンの隣にはふさわしい。

彼の側に立つのは私のようにドレスを着たまま、剣を振り回し、ウェディングドレスを裂き、泥と血で汚すような女ではない。

一度失敗した結婚式。

二度目までも……。

「――そんなこと、私が一番分かっていますよ。皇女殿下」

誰よりも、自分が感じている。

それでも、ここから引くことなど出来ない。

嘆くことなら後でも出来る。

ひとつ、深く呼吸をして、目の前の敵に剣を向けた。

フェンリルの攻撃を躱しながらも、全てを避けることが出来ず、なんとか致命傷となる攻撃を避けることだけに集中する。

体力の限界を感じ、一旦殿下やリタ達の元に戻り結界を張るも、壊されるのは時間の問題だろう。

それでも少しでも体力の回復をと呼吸を整える。

「貴方、もう限界じゃない。私の……侍女は放っておいて、貴方の侍女に治癒してもらいなさいよ！」

「私より彼女達の方が致命傷です。優先度が違います」

「……！　なんなの？　恩でも売ろうっていうの？　それとも私を憐れんでるの⁉」

「憐れむ？」

「そうよ。貴方はこの襲撃を偶然だなんて思っていないでしょう？　これがレオン様の名を騙ったものだったなら……恐らく私の事業に反対する人たちの仕業よ……。国を出る

時も、ここに来てからも脅しの手紙を何枚ももらったわ！　『生きたまま国に戻れると思うな』ってね……。国に戻っても敵だらけよ。味方なんていない」

「……それで、なぜ私が貴方を憐れむ事に繋がるんですか？」

「こんな……、こんな手紙に浮かれて、騙された私を憐れんでいるんでしょう？　貴方はいいわよね。女性でありながら、騎士団長として輝かしい人生を歩んできて、レオン様と結婚して。私の……気持ちも分かっているでしょう？　こんな結果になって満足⁉」

「……貴方達を、無事に守り切れれば満足ですね」

その時、フェンリルの攻撃で結界にヒビが入った。

一旦結界を解除し、フェンリルを攻撃することで、意識を私に向けさせる。

「ぐ……っ」

思った以上に体力は回復しておらず、まともに攻撃を受け、地面に叩きつけられた。

「貴方、どう見ても限界でしょう？　もう良いわ！　もう良いから！」

叫ぶようなその声に、視線だけで彼女を見る。

「もう良いって何ですか？」

「え？」

「今の……私には……これしか無いんです。戦うことと、諦めないことだけが私にできる唯一ですから。貴方のように美しくも、才能も、女性らしさも無い。でも、レオンはそれでいいと言ってくれたから！　……ここで命も、貴方を守ることも諦めたら……っ」

　何も私には残らない。

「……助けてもらっても、感謝なんてしないわ」

「そんなこと望んでませんよ」

　その時、ドォンという衝撃と共に、目の前でフェンリルが動きを止めた。

「間に合ったかな？」

「カミラ皇子!?」

　背後から現れたカミラ皇子は、金の髪を靡かせながら、整いすぎた顔に笑みを広げて、雷撃をフェンリルに向けて放つ。そして再度放った雷撃も見事に直撃し、一瞬気を失ったフェンリルは背後からベレオ団長の大剣の一撃を食らい二度と動かなくなった。

　その光景を不敵に笑ったカミラ皇子は、近くに落ちていた小さな木箱を手に取った。

　その木箱は内側から押し開かれたように、蝶番が外に向かって曲がって壊れていた。小さな木箱の蓋についた、大きな魔石。そして、いるはずのない王家の森に、高ランクのフェンリルの出現。

　カミラ皇子から聞いたマジックアイテムに間違い無いだろう。

「あ、あなたが……」

「え、何？　ティ……」

「あなたが狙われてるんじゃ無かったんですかー!!」

「え、第一声がそれ？　『カミラ皇子強ーい』とか、『カミラ皇子素敵』とか無い？」

「あるかー！」

思わずその胸ぐらを掴むも、くらりと視界が歪む。

「おっと」

安心からか、大声を出したからか、足の力が抜け、ふらついたところをカミラ皇子に背中を支えられた。

「お嬢様！」

侍女達の治癒が終わったようで、リタがこちらにかけて来た。

「ああ、君か。早くティツィアーノの治癒をしてあげて。出血がひどい」

その言葉に、リタが一瞬怯んだのが分かる。

「大丈夫よ、リタ。動けるわ。魔力の無駄使いしないで」

本当はリタの魔力がほとんど無いことは分かっている。瀕死の人間を二人も治癒したのだから、消費した魔力は相当なはずだ。

「カミラ皇子、助けていただいたことは感謝申し上げます。けれど、なぜこちらに？　貴方にはルキシオンが護衛についていたはずでは？」

「あぁ、そのルキシオンが狼煙に気づいたんだよ。『リタのお嬢様の緊急事態を伝えるものだ』ってね。それで僕とベレオが先に来てルキシオンは君の母君に報告に行ったんだけど……」

「護衛するべき貴方を行かせるなんて」

「僕やベレオが報告に行ったって信憑性が低いからでしょ」

そう言って、やれやれと首を振る。

「ティツィ！」

「レオン！」

新郎衣装に身を包んだレオンが母とテトやルキシオン、騎士団員達を引き連れて現れた。

私を目にしたレオンの瞳が揺らぐのが分かる。

今、彼の目に私はどう映っているのだろうか。

こんな格好で、剣を持って立っている私が……。

レオンは自分の着ていたジャケットを私にかけると、私を抱きしめた。

「何があった？　こんなになって……」

「お嬢！　クラーケンの魔石です」

リタの視線で察したであろうテトが魔石をこちらに差し出し、レオンがそれを受け取ると魔力を流し、治癒してくれた。

「ありがとう。テトも……、ふふ、いいタイミングで持ってたわね」

「お嬢が分けてくれてて良かったっすよ。……笑い事じゃないんすからね」

「一体、何があったんだ？　フィローラ皇女までこんなところに……」

　地面にへたり込んでいたフィローラ皇女がビクリと肩を震わせた。

「あ、あの……」

「レオン。フィローラ皇女はウィリア帝国を出てからも、エリデンブルクに来てからも殿下の事業に反対する人達に手紙で脅迫されていたそうで、今回は手紙の犯人に騙されて誘い出されたようです」

　そうレオンに説明すると、殿下が息を呑むのが分かった。

「そんな事が、殿下……ご相談いただければ……」

「ごめんなさい、レオン様。我が国の事でしたのでお手を煩わす訳にはと思ったのですが、逆にご迷惑をおかけしてしまいましたね」

「そうでしたか……」

「レオン、母上、今会場はどのような状況ですか？」

「あ、あぁ。テトがお前が飛び出したと報告しに来て直後、警備に当たっていたルキシオンがここから上がった狼煙を確認して連絡に来た。各国の要人は全員避難させている」

「では、このまま調査に入れますか？」

「そうだな、フェンリルのような強力な魔物が出て来ては王国騎士団の威信にかけて調査が必要だろう。そうだろ？　レグルス公爵」

「そうですね。すぐに調査団を編制させます」

レオンはすぐ様、後ろにいた王国騎士団員に指示を出す。

私は、フィローラ皇女に近づき、彼女が立ち上がれるよう手を差し出す。

「フィローラ皇女、大変混乱していらっしゃるかとは思いますが、当時の状況をお伺いできますでしょうか？　一緒にいらっしゃった侍女の方もご一緒に」

「え？」

そうフィローラ皇女に尋ねると、軽く目を見開いた彼女は何も答えず、年配の侍女が気まずそうに口を開く。

「い、今からですか？　でも、貴方の式は……」

「今からです。完全な安全を確認できておらず、式を行える状況ではありませんし、それどころではないですから」

今、ここにいる人達の視線を痛いほどに感じるも、ただ、淡々と現実を見ることしか出来ない。

「……分かったわ」

そう言った殿下を立ち上がらせようとすると、フィローラ皇女は膝に力が入らなかったようで、カクンと崩れ落ちそうになるのを支えた。

「大丈夫ですか？」

「ええ。大丈夫よ」

そう言いながらも、彼女の体が震えているのが分かる。

それもそうだろう、ウィリア帝国にはほとんどいない魔物に襲われ、死ぬところだったのだ。

気を失っていてもおかしくは無い。

「失礼致します」

彼女の背中と膝裏に手を添えて持ち上げた。

「えっ……」

小さく驚く彼女の言葉に、「ご自身では動けそうにないので」と伝え、レオンのいるところに歩いて行く。

「レオン、フィローラ皇女をお願いします。……私は着替えてきますので」

「あ、あぁ……」

そう言って彼女をレオンに託し、私はリタとその場を後にした。

王宮に用意された三階にある新婦控え室に戻るまで、いくつかの中庭や渡り廊下を抜けなければいけないが、人気の多いところで、式の参列者や多くの人が行き交う場所であるため、すれ違う人は私を見て驚愕の表情を隠さなかった。

誰もいない廊下を歩き始めたところでリタが声をかけた。

「……大丈夫ですか？　お嬢様」

「ええ、傷は魔石で治癒してもらったし、体調も悪くはないわ」

「その、そうではなくて……せっかくのお式が……」

口ごもるリタに笑顔を向けると、リタが目に涙を一杯溜めた。

「なんで貴方が泣くのよ……」

「お嬢様が泣かないからですよ！」

「泣くか怒るか、どっちかにしてよ……」

そう言いながらも、涙を堪えるのに必死だった。

「すぐに、参戦できず、申し訳ありません……」

「違うわ。貴方がいたから全員助かったのよ」

リタと共闘したら、フェンリルに勝てる見込みもあったかもしれない。

けれど、そんなことをしていたらあの侍女達は死んでいただろう。

どちらが正しかったかなんて分からないけれど、結果として誰も命を落とさなかったのだから、これで良かったのだ。

惨めだなんて思うことじゃない。

結婚式と、人の命を比べること自体が間違っている。

俯いた視線の先には、血と泥に塗れ、裂かれたドレス。

真珠の飾りや、ネックレスも一部が切れ、白金の留め具の部分も大きく歪んでいた。

「すべて、無駄だったわね……」

ぽつりとこぼれた言葉は誰も拾わない。

この半年、かけてきた時間も、レオンがこの日のために一つ一つ選んで用意してくれたすべてが、もう使いものにならない。

「お嬢様……」

「さっさと着替えて話し合いの場に行きましょう。休んでいる時間なんてないわ」

そう言って、部屋に戻り、リタも私も一言も発することなく、着て来たドレスを着替えていると、使いの者が皇女殿下の待つ部屋まで案内してくれた。


関係者全員と、ウィリア帝国の使節団の中から高官であるベルモンド財務大臣にイレビ外務大臣とアストローゼ公爵の三名、そしてアッシュ殿下が揃ったところで、聞き取りが始まった。

この案件に関しては、騎士団長であるレオンが指揮を取ることとなった。

「――それで、来るように言われた場所に向かっている最中にフェンリルが現れたんです」

「その、脅迫状を見せていただいてもよろしいですか？」

「それが、先ほどの騒ぎの中でどこかに落としてしまったみたいで。でも、その前に届いた脅迫状は先ほど部屋に戻った時に取ってまいりました」

そう言って、彼女は自分の侍女にその手紙を出すように言い、レオンに手渡す。

「……。成る程。これは尋常ではありませんね」

十数枚に及ぶ手紙は、赤い文字で殴り書きされ、とても皇女が目にするべきでないような言葉が並んでいた。

事業から手を引くこと、今回の訪問を早々に切り上げること。

内容批判に女性蔑視の言葉が書き連ねてある。

「皇女殿下！　なぜ我々に話してくれなかったのです！」

恰幅のいいウィリア帝国のベルモンド財務大臣が叫んだ。

「なぜって、毎日送られてくるこの手紙が誰からかも分からないのに。……貴方だって、私の事業に反対している一人じゃない。どこに、誰の手があるかも分からないのに気軽に言えないわ」

そのひんやりした言い方に、財務大臣が言葉に詰まる。

「わ、我々が殿下の暗殺を企てたとでも仰るのですか⁉　国のために、……貴方のわがままに振り回されているというのに。貴方の事業よりも優先すべき案件……！」

「ベルモンド財務大臣殿。お話が逸れていらっしゃいますよ」

アッシュ殿下のにこりと笑って言った言葉に、財務大臣は口を噤み、アストローゼ公爵は「まぁまぁ」と、彼を宥めている。

「と、とにかく。この襲撃事件の犯人をきちんと突き止めていただきたい！」

ベルモンド大臣はそう言って、レオンに向き直る。

「万が一殿下に何かあったら、この国の責任ですからね」

「全く、陛下も開国だ何だというからこんな問題が……」

イレビ外務大臣までもが文句を言う始末で、アストローゼ公爵は無言でフィローラ皇女の背中をポンポンと叩き、優しく励ましていた。

「それよりも、ティツィアーノ嬢はなぜあそこにいらっしゃったのですか？　あんな森の奥で殿下が襲われるのを式場の控え室から見えるとも思えませんし、寧ろ私としては貴方が疑わしい」

「イレビ外務大臣の言う通りです。寧ろ、自作自演ではありませんか？　今我々がエリデンブルクと交渉している関税に関する事を有利に運ぶために、皇女の救出という出し物を行ったのでは？　貴方は何でも前王太子の婚約者だったそうではありませんか。そして今は国王陛下の甥が婚約者であれば、王家の為に……っ」

　その時、レオンの射殺さんほどの視線に気づいたベルモンド大臣が口を閉じる。

「私の婚約者がそんなことをして何になると言うのです。ましてや自分の結婚式に」

「そんなの私の知ったことではありませんよ！　ただ疑わしいと言っているだけです」

「言葉はお選びになった方がいいでしょう」

「レグルス公爵殿も、万が一の時は覚悟された方がよろしいですぞ？」

「どういう意味ですか？」

「皇帝陛下はフィローラ皇女を大変可愛がっておられる。万が一にでも殿下に何かあったら戦争になるやもしれないということです。ましてや魔物の餌になったなどとお耳に入ればどんなお気持ちになられるやら」

　わざとらしい演技をしながら言う財務大臣のその顔面に拳をめり込ませたくなるほどだ。

「フィローラ皇女。ご帰国までお部屋で大人しくされていた方がよろしいのでは？　事業の宣伝で動き回っている場合ではございませんよ」

「イレビ大臣、私に、脅しに屈しろと言うの⁉」

「ですが、もし殿下のおっしゃる通りこの国にご迷惑をかけたくないと言うのであれば、何もしないのが一番ですよ」

「……っ！」

　その言葉にフィローラ皇女が一瞬怯み、反論の言葉を飲み込んだのが分かる。

　フィローラ皇女が黙ったのに満足したのか大臣たちは、やれやれと席を立ち、他の国の要人方と約束があると言って部屋を出て行った。

「フィローラ……」

　拳を握りしめる殿下にアストローゼ公爵が気遣うように声をかける。

「ところで、ウィリアのお姫様は『これ』が何か知ってる？」

　そう言って、カミラ皇子が先ほど拾った、手のひらに載るほどの壊れた木箱をフィローラ皇女に見せる。

「いいえ。知らないわ」

「さっき君がいたところに落ちていたんだけど。気づかなかった？」

「ええ、……綺麗な石がついているけれど。宝石箱？」

「ティツィアーノ。この石が何か分かるかい？」

　カミラ皇子はその木箱を私に手渡す。

　それを手に取った瞬間、まさかと目を見張った。

　その木箱から香る匂いに、覚えのある香りと、フェンリルの匂いが入り混じっており、細工された木箱の蓋の中心には二つの真っ赤な魔石。

「この箱……。あ、いいえ、この魔石はフェンリルの魔石？」

「ご名答」

「まさか……マジックアイテム？」

そう呟いたフィローラ皇女の言葉にカミラ皇子はクスリと笑う。

「そう、このマジックボックスに、魔物を閉じ込めていたんだよ」

私も、先日カミラ皇子に聞くまでは、そんなマジックアイテムは見たことも聞いたことも無かった。

もしも本当にそんな物ができてしまったなら。

突然、何の前触れもなく、巨大で大きな魔物が、竜種が現れたならどうなるか。何の対策もしていなければあっという間に町は死んでしまうだろう。

以前、モンテーノとカミラ皇子が手を組んでレグルス領に魔物を持ち込んだ事件があってから、荷物の中身の確認強化が徹底されている。

けれど、一人でポケットに数個のこのマジックボックスを持ち込まれようものなら、防ぎ切ることは不可能に近い。

「けれど、このマジックボックスには致命的な欠陥がある」

「欠陥ですか……？」

アストローゼ公爵が呟くと、カミラ皇子はにこりと頷いた。

「そう、閉じ込める魔物の同等以上の魔石が必要となること。だが、永久的じゃない。突然開くんだ。魔物と魔石の格差があれば長時間開かないが、格差が少なければ開くのも早い。それで、魔石をいくつも付けてみたりしたものもあるけれど、費用がかかりすぎる上に、上級魔物の確保には人手も時間もかかる。蓋を開ければ吸い込まれるなんてものじゃないからね」

「カミラ殿下はお詳しいのね」

フィローラ皇女の言葉に、カミラ皇子は満面の笑みを浮かべた。

「リトリアーノで開発した物だからね」

「本っ当に貴様の国は碌なことをせんな」

「サリエ殿、ひどいなぁ。……まぁ、いいや。で、このマジックボックスは試作品を作ったものの、どれも上手くいかず計画は頓挫していた。壊れず残っていたのが三つだけ。それをうちの第二皇子が色々あって、持ち出したみたいなんだよ」

「何だ、色々って」

眉間に皺を寄せた母が不愉快そうに尋ねた。

「色々って言ったら色々だよ。……まぁどこの国にもあるお家事情だよ。僕がこの国に来たのは立太子式やモンテーノのこともだけど、これの行方も追ってきたんだ」

ため息をつきながらコトンと机にマジックボックスを置いた。

「話は戻るけど、先ほどのフェンリルを閉じ込めたマジックボックスは突然開いたんだと思う。この内側から壊されたような形状は何度も見たことがあるから間違いない」

「本当に厄介（やっかい）なものを持ち込んでくれたな……」

「僕の調べたところによると、マジックボックスは全てこの国にあるみたいなんだ。ただ、持ち主は特定出来ていないし今回の騒動（そうどう）に関して、正直予想外だ。狙われているのは僕だけだと思っていたからね」

「警備の見直しが必要だな」

　レオンが深いため息と共にそう言うと、カミラ皇子は肩をすくめて「なんかゴメンねー」と全員をイラつかせた。

第4章　来訪者

日が傾きかけた頃、長い話し合いが終わり、レオンは陛下と話があると言うことで先に私だけが公爵邸に帰った。

夕食はどうするかと聞かれたが、疲れたからと言って自室に戻る。

部屋に入ると、部屋には昨日よりたくさんのスイートリリーが活けてあり、結婚式が終わった後のために整えられていた部屋だと痛感する。

いつもと少し違う部屋の香りも、きっと今夜のために屋敷のみんなが用意してくれたものだろう。

ドサリと自分のベッドに横たわり、顔を伏せた。

血と泥に塗れ、破れたドレスは捨ててもいいとリタに言ったけれど、リタは何も言わず大切そうに布に包んでいた。

「疲れた……」

当然心地好い疲れではない体の重さを感じ、目を閉じるも睡魔は襲ってきてはくれない。

いっそのこと、眠って、この体の奥にある、詰まるような何かから離れたいのに、頭は冴え、瞼を閉じても、『それ』から逃げることが出来ない。

「この半年はなんだったのかしら……」

ころんと上向きになり、誰もいない部屋で、誰が答える訳でもないけれど、言葉にして、吐き出さずにはいられなかった。

全て無駄だった。

——あぁ、どうしてこうなるの。

今回はこそは……きちんと。

完璧に。

何事もなく。

貴方の側に笑顔で立つことを夢見ていたのに。

「……っ」

鼻の奥がツンとしたかと思うと、視界が滲み、目尻から耳に向かって温かい物が流れていく。

自分では止めることの出来ないソレに、もう為す術も無かった。

とめどなく流れる涙を止めようと袖で目を隠すも、ただ生地が濡れて気持ち悪くなる一方だ。

その時廊下から足音がして隣の部屋の前で止まり、ドアを開ける音がした。

レオンが部屋に戻ってきたようだった。

そうしてレオンが部屋の中に入ると、私とレオンの部屋を繋げるドアの前で足音が止まった。

「ティツィ……?」

消え入りそうなその声に、胸が締め付けられて何も返事ができなかった。

うつ伏せになって溢れる涙を枕に押しつけ、何とか止めようと思うも、涙腺は壊れたままだ。

このまま黙って、寝ているふりでもしておこうと布団に入り、蹲る。

「ティツィ。起きてるだろう？　ちょっと話したいんだけど……」

未だかつて開いたことのないドアの向こうから、レオンの優しい声が聞こえるけれど、何を話すのも怖くて返事が出来なかった。

レオン側の鍵は常に開いているが、こちら側は結婚式の夜に開けると約束していた。

本来なら、今夜開く予定だった鍵。

「……っ」

話し合いの最中も、レオンと視線を合わすことも、顔をまともに見ることさえ出来なかった。

ただ、淡々と処理にあたっているフリをするので精一杯だった。

あの時、本当はレオンにフィローラ皇女を預けたくなんて無かった。

けれど、私が泣きそうな顔を見られることがないように、レオンが間違っても私を追って来ることがないように。

情けない姿を晒したくなくて……。

「君が……声を殺して泣いているのを黙っているなんて出来ない。……私はそんなにも頼りないだろうか」

「ち……違っ！」

頼りないだんて思った事など無い。

頼ってばかりで、彼の負担になりたくないと、力になりたいと思っていたのに、結局彼の負担にしかならなかった。

「私を、……拒絶しないでくれ」

その、呟くような言葉にベッドから跳ね起きて、思わずドアに駆け寄り、鍵に手をかける。

けれど、その鍵を捻り、ドアノブに手をかけるも、そこから先は、震えて動かなかった。

「ごめんなさい、レオン」

ドア越しにそう言う事が精一杯だ。

「何も謝ることなんてない」

「でも……、もっと他にやりようがあったかもしれない。貴方の用意してくれたものも、全て無駄にしてしまったわ。……全てよ」

「……ティツィ。結婚式は立太子式の前日だ」

「え?」

あまりの突拍子のない言葉に思った以上の間抜けな声で返事をする。

「で、でも……」

「国王陛下がそう仰せだ。賓客も来ていて、これ以上先延ばしにはできない。ドレスも彼方で用意するそうだ」

「……そうですか」

分かっている。

貴族の結婚など所詮ビジネスだ。

そこに二人の想いがあろうとなかろうと、レグルス家と、サルヴィリオ家の繋がりを内外に示す必要がある。

幼いアッシュ殿下に付け入る隙を、何者かに与えないように、国の守りは盤石であると示さなければいけない。

「分かりました」

「でも、その後、二人だけで……式をもう一度挙げよう」

「レオン、そんな必要はありません」

「ダメだ！」

ダンッ！　とレオンが壁を叩く音がし、目を見開く。

「レオ……」

「ティツィ、私だって楽しみにしていたんだ。君のドレス姿も、愛を誓うことも、前回のように焦って物事を進めるのではなく、全てを完璧に、君に最高の思い出として心に残して欲しかった。こんな、付け焼き刃のような式ではなく。だけど、君を守れなくて……ごめんと言う資格すらない」

だんだんと小さくなるレオンの声に、体の奥が震える。

「どうして貴方が謝るんですか？　飛び出したのも私、動きにくいからとドレスを裂いたのも私」

「結局君に押し付けただけじゃないか」

はっと乾いた笑いをこぼしたドア越しのレオンに目を見開く。

「押し付けたって……」

「本来ならフィローラ殿下の護衛ももっとちゃんとしておけば君にそんな負担を強いることも無かったはずだ。肝心な時に頼りにならない男だと笑ってくれていい。でも、君を手放すことなど出来ない。君を幸せにすると決めた。それなのに、君の気持ちがこんなにも傷ついてもなお、何も出来ない自分が情けない」

　ぽたり、と何かが落ちる音がして、まさかと思いドアノブに添えたままの手を捻った。

『カチャリ』と開いたドアの向こうには、窓から差し込む夕日に横顔を照らされたレオンの顔があった。

　驚きに目を見開いたレオンの頬に一筋、涙の跡。

「な、何で貴方が泣いてるんですか」

「ティツィこそ、何でこのタイミングで開けるんだ」

　グイッと顔を拭うレオンに、涙の落ちる音が聞こえたなんて言えない。

　レオンの照れた顔が可愛くて、思わずクスリと笑ってしまう。

「笑ったな」

「ふふ、可愛くて」

「君が笑うなら、泣いた価値があったと思うことにするよ」

　拗ねたような顔も可愛くて、また笑みが溢れる。

「泣き顔に笑ったんじゃないですけどね。照れたレオンも、拗ねたレオンも可愛いです」

　先程の重苦しい空気が幾分か軽くなり、そう彼に言うと、レオンは目を細めて更に拗ねる。

「可愛いと言われても嬉しくない」

「ごめんなさい。でも可愛いです」

「ティツィ。可愛いという物がどういうものか教えようか？」

「え？」

不意に雰囲気が変わったことに気づくも、レオンの右手は私の顎に添えられ、左手は背中に添えられている。

優しい手つきなのに、ピッタリとレオンの体に密着し、動くスペースも何も無い。

「え？　え？　この体勢は……可愛くないです」

「ほら、こうすると、君の耳が赤くなって可愛い」

その赤くなったであろう耳をレオンが優しく撫でる。

「は⁉」

そう言いながらレオンの顔が近付いてきて思わず目を閉じる。

「それから、キスをしようとすると、君のその困ったような、眉間に皺を寄せる表情も可愛い」

そんなの絶対可愛くない！

という反論をする暇もなくレオンの唇が自分のそれに添えられる。

「いつも緊張する体も、キスの後の私を見上げる目も、全部が可愛い」

そう言って、軽いリップ音をさせて唇を離したレオンを下から睨めつけると、クスリと笑われる。

『キスの後の私を見上げる目』が何なのか分からなかったけれど、この目ではないだろうと対抗心からキッと彼を見る。

「その、悔しがる目も可愛い。可愛いが増えたよ」

そう笑ったレオンにがっくりと項垂れた。

「でも、笑ったきみが一番可愛い」

そう言って、優しく抱きしめられると、何を不安に思っていたのか不思議なくらい、胸の奥にあった黒いモヤが、スーッと消えていく。

鼻腔をくすぐるレオンの香りが胸いっぱいに広がり、えも言われぬ安心感に包まれた。

こんなに可愛いレオンを知っているのは、私だけだろう。

他の誰にも知られたくない。

レオンが私を「手放す事など出来ない」と、「幸せにすると決めた」と言ってくれたように、私だって……私がレオンを幸せにしたい。

その立場を、他の誰かに渡したりはしない。絶対に。

そう固く心に決めて、思わずレオンのシャツを握り締めた。

「ティツィ。三日だ」

「え？」

低いレオンの声に、夢見心地から引き戻された。

「三日で全てを解決してみせる。そして何の憂いもなく、式を執り行おう」

そう言われて見上げた先には、騎士団長として凛としているレオンの表情があった。

「レオン、私に出来る事は無いですか？」

黙って見ているなんて出来ない。

「じゃあ、その間、『レグルス騎士団』を君に任せていいだろうか」

「え？」

思いがけない言葉に目を見開く。

「私は王国騎士団での調査の指揮を執らなければいけない。君にはレグルス騎士団を使って、王国騎士団の手の回らないところまで調査してほしい。正直なところ、今回の件で来訪しているお偉方の警備に人員を割かないといけないから、調査の手が広げられないと言うのが本音だ」

「で、でも……」

「本来、レグルス騎士団の指揮権は当然家長に権限が、その家長が不在の時の権限は配偶者にある。だから君に頼みたい」

「私はまだ婚約者の身で……」

「誰が文句を言うと言うんだ？　フライングだが公爵夫人の初仕事だと思えばいい」

　レオンの言葉に目を見開く。

　そんな重要な仕事を任せてもらって良いのだろうかと思うも、彼の出来ない部分を補うと思えばどこからかやる気が湧いてくる。

「……。分かりました」

「けど、条件を一つつけて良いかな？」

「条件ですか？」

「先陣は切らない。……万が一でも戦いには参加しない」

　そう指を二本立てて言ったレオンの言葉に思わず怯む。

「……君に贈るピアスも指輪も、ダークブルーの魔石ではなく、全てクラーケンの魔石で作って常に身につけさせるべきかな……」

　ふっと寂しそうに言った彼の言葉に、胸が締め付けられる。

「レオ……」

「君が、無事でよかった……。今日、君のあの姿を見た瞬間心臓が本当に止まるかと思った。血を流して、切り裂かれたドレスに飛び散った血も……、傷だらけの体も、血の気の引いた顔も。どれをとっても私の心臓を止めるのは簡単だろう。君がいなくなったら……生きていけない」

　そう言って、レオンが私の肩口に顔を埋めながら抱きしめた。

痛い程に抱きしめられたその腕に、どれだけ彼に心配かけたことかを思い知らされる。

「心配かけてごめんなさい」

私に回された震える腕にそっと触れる。

「だから、君を前線には出さない。そこは譲れないとわかって欲しい……」

「条件、一つじゃ無いですけどね……」

「あはは、二つだった。……自信が無さそうだね」

「そ、そんな事は」

「君が約束してくれないと私は王国騎士団の調査に集中出来ないな。今にも君が犯人を見つけて突入するんじゃ無いかと、気が気で無いだろうね」

「……分かりました。約束します」

拗ねながら言うと、レオンが優しく微笑んだ。

「ありがとう。私の心の平穏を作り出すのは君にしか……出来ない事だよ」

その時、レオンの部屋と私の部屋のドアが同時にノックされた。

「レオン様、お客様です」

「お嬢様、お客様です」

その夜、思わぬお客様『達』が屋敷を訪れた。

応接室に行くと、そこで待っていたのは、ベイリーツ宝飾店のルーイさんだった。

「ご無沙汰しております。公爵様からご注文いただいた魔石のピアスと指輪が出来上がったので、お届けに参ったのですが……突然のご訪問申し訳ありません。……」

そう言ってビロードの箱を出した彼女の横には、眠たそうにしている三歳ぐらいの女の子がおり、一歳ぐらいの男の子がルーイさんの腕に抱かれ、スヤスヤと寝息を立てている。

「申し訳ありません、子連れでいきなりお伺いしてしまって。娘のミミと、息子のネロです。王都に来たらまずご注文の品を一番にお届けしようと思っていたもので」

とても申し訳なさそうにしている顔を見ると、おそらく今日の結婚式が行われなかったことを誰かから聞いたのだろう。

お子さん達を別室で休ませるようレオンが指示すると、ルーイさんが申し訳ないと頭を下げた。

「とんでもない、ルーイ嬢こそ、自ら来ていただいて申し訳ない。お子さんと一緒に王都まで来るのは大変だっただろう？」

「あ、いえ、とんでもございません、公爵様。立太子式なんて、滅多に見られるものではないので子どもと一緒に少し王都に滞在することにしたんです。一週間ぐらいお祭りが続くと聞いて」

何でも、旦那さんは去年息子さんが生まれる前に、他界しており、一人で二人を育てているそうだ。中々子どもに時間が取れないが、今回の依頼のおかげで特別報酬と少しの休暇を貰ったそうだ。

「その……この度は……」

魔物が現れて結婚式が行われないなんて誰が想像するだろうか。

ルーイさんの混乱が手に取るように分かる。

きっと、「おめでとう」の祝福に来てくださったであろうに、申し訳ない気持ちにさせたこちらが申し訳ない。

「あの、宜しければ、ご注文のお品をご確認ください」

そう言って、置いてあったビロード生地の宝石箱を示した。

「着けても？」

「もちろんでございます。ティツィアーノ様のお指に合うかサイズ感等をご確認いただいて、必要であればお直しもいたしますので」

「工具を持ってこられているんですか？」

「はい、万が一お直しがあった場合モンテー……サルヴィリオ領と往復するのも時間がかかりますので」

きっと、『立太子式』を見に来たと言うのは、万が一の直しの時間を確保するためのものので、気を使わないようにそういう事にしておいてくれたのかもしれない。

レオンがビロードの箱を手に取り、蓋を開けると、ダークブルーの魔石がついた指輪とピアスが鎮座していた。

シンプルだけれど、繊細なカットを施されたそれは、服装、季節問わず着けられそうだ。

「綺麗……」

思わずそう溢した言葉をレオンが拾う。

「気に入った？」

「はい、こんな素敵なものを作っていただけて嬉しいです。着けても良いですか？」

「私が着けよう」

レオンがそっと耳にピアスを着けてくれ、指輪は左手の薬指にはめられる。

「似合ってるよ」

「ありがとうございます。サイズもピッタリです」

へへ、とあまりの照れ臭さに、笑って誤魔化すように答えると、不意に左手を取られ、指輪にキスを落とされる。

「誓うよ。永遠に君だけを守り、全てを捧ぐと」

「レオン」

祈るような彼の声に、胸が締め付けられた。

「リタさん、……何か、思ってたより元気ですね」

「そうですね、セルシオさん。お嬢様さっきまであんなにベッコベコだったんですけど」

「公爵様も元気のないティツィアーノ様を見てへこんでましたし。二人とも部屋に閉じこもってる間に……あ！　ま、まさか！」

セルシオさんのその言葉にリタもまさかと呟く。

「あ、開いちゃいました⁉　お嬢様と公爵様の部屋にある、あの開かずの扉が！」

思わずぎくりと肩を強張らせるとリタの痛いほどの視線を感じる。

「ちょっと、黙っててくれる⁉」

リタを睨みつけながら言うも、自分でも分かるほど顔に熱が集まる。

そんなやり取りをルーイさんがクスリと笑ったかと思うと、意を決したように口を開いた。

「あ、あの……、差し出がましいことかと思いますが、パールの飾りはどうなりましたでしょうか……、破損したと伺ったのですが」

「……リタ、持って来てもらえる？」

「かしこまりました」

奥から持ってきたパールの飾りは、見るも無惨な姿になっており、拾われたであろう飛び散ったパールが小瓶の中に集められていた。

これを見るだけで胸が締め付けられ、鼻の奥がツンとして溢れそうになる涙をなんとか堪える。

「これは……」

息を呑んだルーイさんを直視することが出来ず、ただただ、ごめんなさいと言うしか無かった。

「せっかく、作っていただいたものを、このように……」

「パールは直りますよ」

「え？」

見上げた視線の先は満面の笑みのルーイさんだった。

「こんなになってるのに……直るんですか？」

「正直、白金の部分はここでは直せませんが、パールだけなら三日……二日いただければ直ります。今持っている工具では足りませんが、ここは王都ですし、すぐに必要なものが揃えられると思います」

「ほ、本当ですか!?」

「はい」

レオンが私の為に用意してくれたものを一つでも身に着けて式を行える事に、嬉しさが込み上げた。

「では、ルーイ嬢、お願いしても良いだろうか？　当然相応の費用は支払うし、滞在が延びることをベイリーツ宝飾店にも伝えよう」

「ありがとうございます」

ルーイさんは、王都の中心からすこし外れたところで宿を取っていたそうだが、王都にいる間はレグルス邸に滞在する事となった。

治安が悪いという訳ではないのだが、子どもを連れて往復するのも大変だし、安心して作業に集中出来ないだろう。

ルーイさんは「工賃も頂くのに、そこまでしていただく訳には」と言ってくれたのだが、休暇を返上で作業してもらうのだから、出来ることはしたい。

そうして、レオンはルーイさんの作業部屋や必要な工具、客間、子ども達につけるメイドやベビーベッドなど、ものすごい勢いで用意を整えたのである。

「ルーイさん！　今日娘さんとお昼からお祭りに行ってもいいですか？」

朝一番に朝食を食べ終わったルーイさんを見つけて声をかけた。

レオンは王国騎士団に昨日の件で調査のために朝早く出て行った。

私も午前中はドレスのサイズ合わせがあるのだが、それが終われば午後が空くので聞いてみたのだ。

「無理していただかなくて大丈夫ですよ？　ティツィアーノ様もお忙しいでしょうし」

「いえ、大丈夫です。私も気分転換がしたかったので、一緒に行ければと思ったんです」

そう言って、ルーイさんのドレスの横に隠れるようにこちらを窺う可愛らしい女の子の前にしゃがみ込む。

「こんにちは。私ティツィアーノっていうの」

「ミミ……です」

「ミミね！　上手にお名前言えるのね。今日はママがお仕事している間、私とお出かけしない？　美味しいものや面白いものが沢山あるのよ」

そう言うと、ミミはチラリとルーイさんを見上げた。

「行きたい？」

ルーイさんが尋ねるとミミは小さく頷く。

「では、お言葉に甘えてもよろしいでしょうか。どうぞよろしくお願いします。……お祭りなんて、連れて行ったことがないので喜ぶと思います」

ふわりと微笑むルーイさんはなでなでとミミの可愛らしい頭を優しくなでる。

「ではミミ、あちらでお出かけの準備しましょうか」

そう言ってリタがミミを連れていく姿をルーイさんが優しく見ている。

「ふふ。あの子、今は大人しいですけれど、慣れたらワンパクなんてモノじゃないんですよ。何にでも興味を持つ子なので、すぐどっか行っちゃうんです」

「ネロ君が動き回るようになったらもっと大変ですね」

「本当に」

ふふふ、と笑うルーイさんの表情がふと陰った。

「……実は、今回こちらに子ども達を連れて来るのを迷っていたんですけど、やっぱり連れてきて良かったです」

「え？」

「ミミは主人が亡くなってから手がつけられなくて、そんな中ネロを産んで、……どうして私の人生うまく行かないんだろうって。毎日私の言う事なんて聞いてくれないし、予定通りにいくことなんて何もなくて、あの子たちにしてあげたいことが沢山あるのに、時間を言い訳に、してやれなかったり。イライラもしてしまうんですけど、……それでもこの子達の笑顔に沢山救われているんです。だからどんなに辛くても、毎日あの子達の寝顔を見るだけで頑張ろうって思えます」

　ご主人を亡くして一人で育てるのがどれだけ大変かだなんて想像も出来ない。

　ほぼ同時期にお父さんまでも体調を崩して……。大変だったでしょうと言葉にするのは簡単だけれど、きっと私が言葉にすると、軽いものになりそうで何も言えなかった。

「こちらに来て、臨時のお仕事も頂けたので、子ども達に王都での思い出になる物を何か買って帰ることができます」

　そう微笑むルーイさんは嬉しそうだ。

「あ！　それから『例の物』もできていますので、後は……」

　その言葉に私も力強く頷く。

「はい、こちらも準備出来次第お渡しします！」

「楽しみにお待ちしておりますね」

　ルーイさんは私の真剣さがツボだったようで、おかしそうに笑った。

賑やかな街は、人で溢れかえり、熱気に酔ってしまいそうだ。

国内外から集まった人たちで、王都にはいつもとまた違う雰囲気が漂っている。

「ティツィアーノ様！　あれなぁに⁉　お祭りには雲が売られてるの⁉」

「ふふ、ミミ。あれはね、あまーいあまーい雲なの。お口に入れると溶けちゃうのよ」

街に来るまでの短時間でミミは私とリタに打ち解けてくれて沢山話をしてくれるようになった。

「え⁉　食べたい！　お祭りって魔法のお菓子を売ってるのね！」

そんな可愛い事を言いながらミミが頬を染めて言う。

「お嬢様、嘘を教えてはいけませんよ」

「何言っているの。私たちだってルキシオンにそう思わされていたじゃない」

「まぁ……そうですけど」

「ママやネロも一緒に来ればよかったのに」

ミミは少ししょんぼりしながら言った。

一歳のネロはライラ夫人が一緒にお留守番をしている。

ルーイさんは流石にライラ夫人に子守をしてもらうのはと恐縮したのだが、「孫の面倒を見る練習がしたい」と言った為、誰も夫人から子守の役を取り上げることが出来なかったのだ。

「大丈夫よ、ミミ。お祭りは長いからママたちとも来られるわよ」

「そっか！　じゃあミミがママたちに教えてあげないとだね！」

小さな手で作る握り拳の何と可愛いことか……。

そんなふうに張り切ったミミは、見たこともない大道芸や、露店に並ぶ食べ物や工芸品などに夢中になっていた。


「お、お嬢様……子どもってパワフルですね」

「そうね……。私体力に自信はあったんだけど……ミミ？　ちょっとお休みしない？」

「はーい」

人混みを歩くのがこんなに疲れるものだなんて思わなかった。

耳にも、嗅覚にも刺激が多すぎて、疲労感がものすごいことになっている。

一日中訓練をしている方が実は楽なのかもしれないとすら脳裏を過った。

近くの広場に空いている場所を見つけ、腰をかけた。

リタは飲み物を買ってくると言って近くのお店に行っている。

ミミは持っていた串焼きの肉を美味しそうに頬張っていて、その一生懸命さに口元が綻んだ。

「お嬢様、どうぞ」

「ありがとう」

買い出しから戻ってきたリタからジュースを受け取り、ふぅ、と一息ついて空を見上げると、どこまでも澄み切っていて……。

「良い天気ですね」

「そうね」

「「……」」

リタが今日お祭りに誘ってくれたおかげで大分気が晴れた。

何よりミミがいたことが大きい。

「そろそろ帰りますか？　明日の狩猟大会の準備もおありでしょう？」

「そうね、そろそろ……ミミ⁉」

今そこで、りんごジュースを飲んでいたはずの場所にミミがいなかった。

「いつの間に……⁉」

ほんの数秒。

気持ちが一瞬昨日のことに向いていたせいだと自分を叱咤する。

近くにあった、見晴らしの良さそうなところに移動して、身体強化を最大にする。

目を凝らし、耳を澄まし、ミミの匂いに集中した。

ところどころで起きている喧嘩、飛び交う外国語、このエリア一帯に充満した食べ物の匂い、入ってくる情報量の多さに気分の悪ささえ感じてくる。

「ミミ……どこ？」

万が一の恐怖が襲ってきて、子どもの面倒すらまともに見られないのかと、情けなくなってくる。

その時、「これ、ママへのお土産にしようかなぁ」と、ミミの声を捉え、その聞こえた先に目を凝らす。

「リタ！　あそこ！」

アクセサリーの露店の前でちょこんと座っている、可愛らしい黒髪の後頭部が見えた。目と鼻の先だけれど、あんな小さな子はこの溢れかえった人混みでは一瞬で消えてしまう。

「「ミミ！」」

慌ててその店に駆けて行くと、私達の声に振り返ったミミが「どうかしたの？」と言うように、小首をかしげた。

「良かった……。さすがお嬢様です」

リタが安堵したようにため息をこぼす。

私も、胸を撫で下ろして、ミミを抱いて立ち上がった。

「リタ、帰りましょう」

「ええ、そうですね……。お嬢様？」

安堵したのも束の間だ。さっき身体強化した時に聞こえた会話。

「レグルス騎士団に行くわ」

「それで、レグルス騎士団を派遣したのか？」

王国騎士団で何の成果の報告も上がらないまま、深夜、屋敷に帰るとティツィが私たちの部屋の間にある『例の扉』を開けて待っていた。

何でも、ミミを捜そうと身体強化した時、聞こえたのがリトリアーノ語で話す男たちの会話で、内容があまりに気になったそうだ。

「はい、数名に覆面調査をお願いしました。人選も、私の方でお願いしたのですが……。本当に私がレグルス騎士団の団員の方を勝手に動かして良かったんでしょうか？」

「当然だ。その旨はレグルス騎士団にも伝えていたし、実際誰も文句は言わなかっただろう？」

「……はい」

「それで、何か報告は上がった？」

「ええ、これを見てください。王都のここにある雑貨屋に外国人が多く――……」

数枚の資料を見ながら説明をしてくれるティツィの目が生気を取り戻していた。

今朝、顔を見た時は結婚式の直後より酷いものではなかったが、それでも当然普段のティツィでは無かった。

今日も、ずっとあのビリビリに破れたウェディングドレスで立っていた時のティツィの顔が頭から離れなかった。

昨日、彼女が新婦控え室を飛び出したと聞いた瞬間言い知れない恐怖に襲われた。

狼煙の上がった森へ駆けつけ、倒れたフェンリルの側に立っていた彼女を見た瞬間、ティツィの無事に安堵すると同時に、私に気づいた彼女の表情に胸が張り裂けそうだった。

私と目が合った瞬間は、それこそ涙を堪えるティツィに、……自分を律する彼女の噛み締めた唇を解いてやりたかった。

戦いが終わったにもかかわらず、白くなる程に剣を握りしめていた手も。

けれど、彼女の目がそれを許すことなどなく、視線すら合わなくなった。

ただ、淡々と現場の調査と今後の段取りを確認し、フィローラ皇女の聞き取りすら落ち着いて聞いていた彼女にかける言葉など無かった。

あったのは、自分への落胆だ。

もっと警備の強化をしていたならこんなことにはならなかったかもしれない。

早い段階で不審な人物を確保できていたなら、式に何の影響もなかったかもしれない。

彼女だけに戦わせた自分が情けなかった。

この半年、公爵夫人になるべく自分のできる限りを学び、努力するティツィの姿を毎日見てきた。

彼女が何のために頑張ってくれていたのか知らない訳がない。

『レオンの為にふさわしくなりたい』

彼女が屋敷に来てからの間、ずっと耳に住み着いた言葉を何度も反芻した。

ふさわしくない訳が無い。

――私の方がティツィの側に堂々と立つ為にもふさわしくなりたい。

そう思ってきたこの想いが報われ、彼女が誰のものか明言できる日だったはずなのに……。

「――……オン！　レオン！　聞いてますか⁉」

下から覗き込むようにティツィが声をかけてきて、はっとする。

「あ、ええと？　その王都の雑貨屋が何だったたっけ……？」

「……その話はもう終わりましたよ。今は昨日のマジックボックスで気になる点があるって話してたんですけど……。働きすぎで疲れてるんじゃないですか？　朝早くから出て、

「こんな時間まで働いて……」

眉間に皺を寄せてそんな事を言うティツィが可愛くて思わず口元が緩んだ。

「レオン……私何も面白いこと言ってませんけど？」

「ごめんごめん、……ただ、いつまでここで立ったままで話するのかなって」

「ここって……」

そう言ってティツィが足元を見つめた。

ドアよりもこちら側に入る事はなく、その徹底ぶりに思わずまた笑ってしまった。

「こっちに入ってきたら？」

「いえ、……そういう訳には……」

「でも私は疲れて座りたいんだ」

困るティツィが可愛くて思わずイタズラ心が頭をもたげた。

「で、では。そちらのソファで座ってて下さい。資料の内容も覚えてるから、ここで報告します」

部屋の中心にあるソファを指差したティツィの指示に従ってソファに座る。

「で、続きですが――」

「え？　何？　聞こえない」

本当は聞こえているのに態と聞こえないふりをしてみた。

「私は聞こえます！」

「そりゃ君はね」

「……っ！」

思わず声を張り上げようとした彼女に見えるよう、自分の口元にそっと指を立てる。

「しっ……。上にいるミミとネロが、起きちゃうよ？」

「ど、どうしろって言うんですか！」

その真面目な彼女の様子が可愛くて、可愛くて、王家の森の調査から得られなかった事も、アストローゼ公爵以外ウィリア帝国の連中が非協力的だったことに苛立ちを覚えた事もどこかに飛んで行く。

「私が君の部屋に行ってもいいんだが、君の香りに満ちた部屋では理性が持たないから、ティツィがこちらにきてくれると嬉しいんだけど」

そう言うと、ティツィが息を呑むのが分かる。

もう一度、彼女の立っているドアまで行き、入り口にもたれるように立った。

「もうここは開けてしまったんだし、良いんじゃないか？　……何も取って食おうとはしないから」

「……」

「ティツィ？」

ティツィは、しばらく思案した後、一度私の背中越しに部屋の様子をチラリと見てから、意を決したように小さく言った。

「で、では……、お邪魔します」

初めて戦場に向かう騎士のような力の入りように笑いが込み上げる。

「はは、どうぞ」

と言ってソファを勧めた。

彼女が腰掛けた姿にこちらが一瞬怯んだ。

「レオン？」

「いや、何でも……」

彼女が自分の部屋にいるという現実に、自分が思っていた以上の衝撃を受ける。

『取って食おうとはしない』と言った手前、これは話に集中しないと嘘つきになってしまいそうだと思いながら、意を決して資料を手にとった。

「――よくここまで調べられたな」

リトリアーノの手の者が忍び込んでいると言うのは分かっていても、すでに場所の特定をしているとは思わなかった。

「ありがとうございます。優秀な騎士団の方が揃っていて、頼もしかったです」

「いや、君の人選と人の使い方が、すごいよ」

「あ、ありがとうございます。それで、お願いがあるのですが、この店の造りだときっと抜け道がありそうな感じがするんです。なので人を替えて調査するのと、それを想定した突入の際の訓練をお願いしたくて」

「……それは、君に任せても良いかな？」

「え？」

「ティツィ。君は今までに培ったものをレグルス騎士団に残す気はない？」

ぴたりと固まったティツィの目がゆっくりこちらに向けられる。

「どういう意味ですか？」

「君がこの半年、公爵夫人として頑張ろうとしてくれてたのは知っている。それは心から純粋にとても嬉しかった」

「……はい」

「でも、君がサリエ殿に認められる為にと頑張ってきたモノを全て捨てて欲しい訳じゃない。十数年に及ぶ長い努力も、経験も、今の君を作って来たものだ」

そう言って見開かれたチョコレート色の目を覗き込む。

「騎士団には魔力が弱いからと悩む連中も多い中、君が魔力の高い騎士達を倒してきたのは彼らにとって希望の光だ。……正直私では魔力の弱いものの練習相手になることはできても、上手い使い方と言うのは伝えられないと思っている。強い連中だって君の存在が訓練のいい刺激になっている」

「ええと……。つまり、どう言う事でしょうか？」

「私の不在時だけ関わるのではなく、『教官』や『指導役』という立場で軍に所属するのはどうだろうか？」

「そんな……大事な所に関わってもいいんですか？」

「寧ろ、関わってほしい。君の持っているものが、育ててきたものが、レグルス家にとって、何より私にとって支えに、力になるから。おとなしい公爵夫人なんてほしいと思った事はない。ティツィらしい、公爵夫人になってほしい」

そう言って、彼女の体を抱きしめると、ティツィは私の背中に手を回し、ぎゅっとシャツを握りしめた。

「でも、君を前線には出さない。……これは、私のわがままだ」

そう言って、彼女を抱きしめる腕に力を込める。

「ありがとう……ございます」

彼女の伸びてきた柔らかな髪を弄びながら、頭にキスを落とす。

「だから、あの本はもう捨ててしまえばいい」

「え!?」

　バッと顔を上げた彼女に思わず意地悪な笑みを浮かべてしまう。

「ほら、『愛される女になる秘訣十五選』……？　いや違うな『男を虜にする十五の技』だったかな？」

「ど、どっちも違いますよ！」

「でも、これ以上君に私の心を虜にされると日常生活に支障が……いや、もう手遅れかな」

「何言ってるんですか‼　いつもそうやって余裕な……！」

「余裕？　そんなもの君に会ってから感じたことなんてないと言っただろう……。ベッドサイドのテーブルに置いてある本が何か分かるかい？」

「本……？」

　そう呟いた彼女がベッドの横に置いてあるサイドテーブルを見やすいように腕を緩め、体を後ろにずらした。

「あ！」

　目を見開いた彼女が、私の腕からするりと抜け、サイドテーブルに近づいて本を手に取った。

「『竜と勇者』……。レオンも読んでたんですか⁉」

「いや、その本が発売された時いくつだったと思う？　冒険譚を読むような歳じゃなかったからね」

　ティツィの背後から手にあった本を取り、パラパラとページを捲る。

「ここだね、君とアストローゼ公爵が話していたブラックボアの料理は。それからここと、ここと、ここも君たちの盛り上がっていたところだね……」

「レオン？」

「あの時、私がどんな気持ちだったかなんて分からないだろう？」

　そう言うとティツィはこちらを見上げてきょとんとした。

「私の知らない共通の話題で、楽しそうに会話する二人を見てどんな気持ちだったか。『ボレイ書店』でいの一番に探したよ」

「……まさか、妬いていたんですか……」

「今後、君とこの本で盛り上がる男が出ないよう全て回収して燃やしてしまおうかと思うくらいにはね」

『あれだけの事で？』と呟いた、彼女の頬を撫でる。

　あの、美しい銀の髪に人懐っこい性格。

　整った顔立ちに穏やかな雰囲気のアストローゼ公爵は今、国中の令嬢の憧れの的だ。

　そんな男が彼女の側にいて、私の知らない話題で、彼女を楽しませる様を見せつけられて愉快なわけが無い。

『男を虜にする技十五選』だか『愛される女になる秘訣』だか何だか知らないが、これ以上他の男が寄ってくるのは我慢ならない。

彼女にそんな物は必要ないし、彼女の魅力を知っているのは私だけでいい。

「しかも、あのフェンリルから君を助けたのはカミラ皇子だって言うじゃないか。……感謝するべきなんだが不快だった」

「え⁉　カミラ皇子ですよ⁉」

「ヤツはいつだって君を連れて帰ろうと虎視眈々と狙っているからな」

そう言うと、ティツィはポカンと口を開けて固まった。

そのあまりに無防備な姿に、愛しさと、葛藤、憎らしさすら込み上げてくる。

「君に足りないのは、公爵夫人としての自覚じゃなくて、自分の魅力を知らないところだな」

そう言って、彼女の耳にあるダークブルーのピアスにキスを落とす。

「レ、レオン……」

そのまま、頬から唇にキスを落としていく。

「君が……君の心が誰のものなのか、早く見せつけてやりたいよ」

このまま目の前にあるベッドに彼女を押し倒したくなる衝動が込み上げてくるも、何とか抑える。

彼女の香りに包まれて眠れたらどんなに幸せだろうか。

ひょいとティツィの体を横抱きに持ち上げると、「わっ！」と小さく悲鳴が上がり、彼女は視線をベッドに注いだかと思うと硬直した。

固まった状態の彼女を開いたままの扉に連れて行き、『向こう側』に下ろす。

「あ、あの？」

「これ以上は、私の理性が焼き切れそうだから……。おやすみ、ティツィ」

「おやすみ……なさい」

そう顔を真っ赤にするティツィの額にキスを落とす。

「……明日の狩猟大会は、無理をしないでくれよ？」

「も、ちろんです。中級エリアで楽しんできます」

俯いた彼女にまだ触れていたいと思いながらも、もう一度『おやすみ』と言って扉を閉め、深いため息をついた。

今回の狩猟大会は天候にも恵まれ、王家の森の大会本部周辺には各家紋の大きな天幕が所狭しと張られていた。

今年は来賓客も多く、立太子式に参加するため王都に滅多に来ない家も多数参加していた。

「ティツィ、いるか？」

「母上！　父上にオスカーまで」

公爵領の天幕にひょっこりと顔を出しのたは母と父、もちろんオスカーとテトも一緒でサルヴィリオ家の家紋をつけたハンタージャケットを着ていた。

「どうされたのですか？　もうすぐ集合時間ですよね？」

「いや、一昨日懐かしい顔に会えると思っていたのだが、色々とあってまともな挨拶ができなかったからな」

「懐かしい顔……ですか？」

「ヴィクト夫妻に挨拶をな」

「父と母ならリリアンを連れて『ランジェの丘』にいますよ。そのまま会場に向かうそうです」

レオンがそう言うと、母は納得したように彼女は昔からあそこが大好きだったなと呟く。

「ところで、サリエ殿、トルニア殿、例の件で進展がありましたので、丁度お伺いしようと思っていた所なんです。今少しお時間を頂いても？」

「あぁ、もちろんだ」

「レオン、私も一緒に説明をしましょうか？」

そう言うと、レオンはにこりと微笑んで私のピアスに触れる。

その仕草と、彼の瞳の柔らかさに昨日の夜のレオンが思い出されて鼓動が早くなった。

「大丈夫。ティツィは準備をして待ってて。まだ弓の確認をしていないだろう？　安全第一だからな」

「あ……はい」

そうして三人は天幕の奥に入って行った。

「お嬢様？　お顔が真っ赤ですけど、大丈夫ですか？」

「大丈夫よ！　全然平気！」

後ろからリタに声をかけられて思わず全力でそう振り返る。

「……」

「な、何？　リタ？」

「何って、こちらのセリフですよ」

「これは何かありましたね」

リタの後ろから現れたセルシオさんがリタに続いた。

「何もないって言ってるじゃない」

言えない！

昨日の夜のレオンの色気がやばかったとか！

レオンの匂いが充満する部屋に入るのに腰が引けたとか！

レオンの嫉妬が嬉しかったとか！

レオンの色気にあてられて、寝付けなかったとか！

そして朝からことあるごとにピアスや指輪に触れてくるから、昨日のことを嫌でも思い出してしまうとか！

笑って誤魔化そうとする私に、何かあったハズだと言いながら、ジリジリと迫ってくる二人の様子に、小さな笑い声の助けが入る。

「まぁまぁ、リタも姉上で遊ぶのはそれくらいにして、早く準備しよう」

「オスカー様。でも気になりません？」

「気にはなるけど、姉上のその様子を見る限り元気になられたんだからいいじゃないか。さすが義兄上だよ。……ところで姉上は今回黒竜の剣はお使いにならないのですか？」

「狩猟大会だからね、弓よ。公爵様が用意してくださったんだけど、素敵でしょう？」

そう言って、近くに用意していた弓の入ったケースを開いてみせた。

「……これは」

両端に繊細な細工の施された弓はあまり実用的に見えないけれど、女性的な可愛らしいデザインだ。

「公爵様も過保護が過ぎますね」

小さくため息をついたオスカーに、全員が「そうなんです！」と声を揃えたので笑ってしまった。

「「お姉様！」」

レオンと母の話し合いが終わり、会場に向かうとそこに響いた声は、間違いなくリリアン様と、ライラ様の声だった。

「お姉様？」

レオンが訝しげな顔でその声の先に視線をやった。

頬を上気させ、笑顔でこちらにかけてくるリリアン様とライラ様がいた。

その時、「「「キャー‼」」」と、普段の令嬢たちの声とは異なる黄色い声が響いた。

「ササササ、サリエ様よ！」

「あぁ、なんて素敵なお姿なの」

「昔と変わらず凛々しくていらっしゃるわ！」

「ライラ様も相変わらず大輪の薔薇のようだわ！」

「お二人が並ぶといつも素敵だったけれど、今でも変わらず、目の保養ですわ」

遠巻きにざわめくのは御令嬢方ではなく、彼女達の母親であるご夫人達。

弾(はず)むような会話は全て聞こえてきた。

その彼女たちの視線の先には、母を見上げるライラ様の満面の蕩(とろ)けるような笑みがあった。

「サリエお姉様！」

「あぁ、ライラ姫(ひめ)。いや、今は前公爵夫人だったな。あまりに変わりなく可愛らしいので間違えてしまったよ」

そう言った母にライラ様が頬を染める。

「嫌(いや)ですわ、サリエお姉様ったら。からかわないで下さいませ！」

「はは、からかってなど。リリアン嬢の可愛らしさは貴方譲(あなたゆず)りだな」

「もう、いつもご冗談(じょうだん)ばかり！　今日はこれをお渡ししたくて、そのリリアンと作ってきましたの」

そう言ってライラ様が差し出したのは可愛らしい白い花のコサージュだった。

「貴方の無事を祈(いの)ってひと針ひと針刺(さ)しましたの。受け取っていただけますか？」

「あぁ、懐かしいな。昔も同じ花のコサージュを頂いたが、あの時もこのコサージュのお陰で勝利を手にしたんだったな」

にこりと笑う母にライラ様は頬を染めて、覚えてくれていたことを喜んだ。

「母上って……」

「お嬢様そっくりですね」

いつの間にか背後にいたリタがボソリと呟く。

「え！　どこが⁉」

「いや、天然タラシなところですよ」

「私はタラシじゃないわよ！　……母上はそうかもしれないけど……」

母はそこにいるだけでもうなんていうかオーラが違う。

圧倒的な力の差を感じざるを得ないし、それでいてそれを鼻にかけるような真似はしない。

私は令嬢たちに『野猿』扱いされることもあるけれど、母のことをそんな風に言う人なんていない。

目を奪われるような魅力が、母にはある。そう感心していると、母ではなく私を『お姉様』と呼ぶリリアン様がやってきた。

「お姉様！　見てください！　これはお姉様の勝利を祈願して作ったコサージュです！」

緑のビロード生地のリボンに金糸の刺繍。

そこには、ライラ様が母に贈ったのと同じ白い可愛らしい花が添えられている。

ふわりとオレンジのような爽やかな香りが鼻腔をくすぐった。

「この花は、ここにしかないランジェという花で、『幸運』を意味しているんです。香りは強くないと思うのですが、いかがですか？」

そう言って、いそいそと私の胸元につけてくれながらも、胸元から香る匂いがキツくないか心配してくれた。

この花は先日リリアン様が新婦控え室に持ってきてくれた花と同じだ。

あの日、彼女のくれた思いの純粋さが胸を締め付けた。

「とても……いい香りです」

ふわりと香る柑橘系の香気にそう答えると、嬉しそうにリリアン様が微笑む。

「お姉様に、幸運あれ」

目元を優しく緩めて言葉を紡ぐリリアン様が可愛くて可愛くて、思わず彼女の手をとる。

「貴方に勝利を」

そう言って手の甲にキスを落とした。

「まぁ。先日、結婚式が魔物の出没のせいで延期になったと言うのに平気な顔をしていらっしゃるわ」

その時、覚えのある令嬢の声が聞こえた。

先日『ボレイ書店』にいたミア嬢の声だ。

彼女も周りにいる友人達もハンタージャケットを着ているので、大会に参加するようだ。

「私だったら、心待ちにしていた結婚式が台無しになったら恥ずかしくて出てこられませんけれど」

「それはそうですわ。アントニオ王子に『野猿』と呼ばれた方ですもの。きっとメンタルも、私たちとは作りが異なってらっしゃるのよ」

「魔物退治ばかりなさって、女らしさのかけらも無いと」

「私、先日の結婚式の日にボロボロのドレスを着た彼女を見ましたわ。いかにも戦闘後といった……」

「なぜレグルス公爵様がティツィアーノ様をお選びになったのか全く理解できませんわ。美しい女性は選びたい放題ですのに」

「アントニオ殿下の時のように、きっと今回も国王陛下のご指示で仕方なくだったのですわ」

そんな会話が周囲から聞こえてきた。

しかも、私が聞き取れる声なのはもちろんだが、私の周囲の人にまで聞こえているのは間違いないだろう。

思わず、ぎゅっと拳を握った。

胸を張って。

そのままの私でいいとレオンは言ってくれたじゃない。

顔を上げて。恥じることなど何もないわ……！

そう自分に言い聞かすも、レオンとオスカーの舌打ちが聞こえ、母に至っては目が死んでいて、今にも剣を抜きそうだ。

「聞こえよがしになんて事を……」

「姉上を侮辱するなど……」

「レオン、オスカー、いいです……気にしてませんから」

彼らが、令嬢達に何か言いたそうにするのを目線で止める。

「ティツィ、いい訳がな……！」

「ちょっと！」

その時思わぬ声が響き渡る。

「リリアン様!?」

「そこの御令嬢がた、言いたいことがあるならハッキリおっしゃっていただけます？」

「リリアン様……」

リリアン様の一睨みで、ギョッとしたように一歩下がる令嬢たちが一瞬怯んだのが分かる。

「お姉様がなぜお兄様に選ばれたか分からないですって？　分からないから貴方達はお兄様の目にも留まらないのよ」

「なっ……！」

令嬢達は明らかに怒りと羞恥で顔を赤くしている。

「私だって、こんなに素敵な方にお会いしたことなんて無いわ。お兄様がお姉様を好きになる理由がよく分かるもの。僻むことしかできない女性は黙っていただけるかしら」

「リリアン様。いいんです」

「よくありません！　私の大事な人をバカにされて黙ってるなんて出来ませんわ」

「リリアン様……。ありがとうございます」

「リリアンに先を越されたな」

そう私の後ろからレオンが言うと、リリアン様が頬を膨らませる。

「お兄様、お姉様はもう家族ですもの！　お姉様がいつも私を守ってくださるように、私だってお姉様に悪意を向ける人から守りたいですわ！」

「そうだな、リリアン。私もそう思う。ティツィの価値の分からない連中は、会話するにも取り引きするにも値しない……」

レオンはそう言いながら私の指輪に触れつつも、目の冷ややかさが増していく。

「あの……レオン？」

「セルシオ……先ほどの連中の家紋を調べておけ。今後の関係を見直したいからな」

「甘いぞ、レグルスの小僧。家ごと取り潰してしまえ」

「それも視野に入れてますよ」

そんな会話を母とレオンがしながら彼らのいた方を一睨みすると、蜘蛛の子を散らすように、彼らは去っていった。

「レグルス公爵様を絶対に敵に回してはいけませんね」

「アストローゼ公爵様⁉」

クスクスという笑い声とともに、不意に声をかけられた方を振り向くと、ウィリア帝国の面々が狩猟大会に参加するであろうハンタージャケットを着て立っていた。

「こんにちは。レグルス公爵、ティツィアーノ嬢。素敵な装いですね。さすがティツィアーノ様は騎士団長を務めていらっしゃっただけあって、ハンタージャケットを着こなしていらっしゃいますね」

「ありがとうございます。アストローゼ公爵様も素敵なお召し物ですね。……フィローラ皇女も参加なさるのですか？」

フィローラ皇女は、金糸の刺繍がされた、シックな臙脂色を基調としたハンタージャケットを着こなしていて、凛とした中にも女性らしさが滲み出ている。

「ええ。せっかくですもの。参加させていただきたくて」

にこりと微笑む彼女に、今回の戦利品を貢ぐ男が山ほどいることだろう。

「僕は、あんな事があったから大人しくするように言ったんですけど……『無法者に屈する必要はない』……と」

アストローゼ公爵は、申し訳なさそうに笑いながら言うと、フィローラ皇女がレオンに満面の笑みを浮かべる。

「だって、私のことを全力で守ってくださるっておっしゃったもの。そのお言葉、信じてもよろしいのですよね？　王国騎士団団長、レオン様」

「フィ……フィローラ！」

私とフィローラ皇女を交互に見るアストローゼ公爵様が困ったように声を上げる。

「もちろんですよ。フィローラ殿下。王国騎士団の名にかけて、必ずお守りします」

そのレオンの言葉に、思わず無意識に自分の指輪に触れた。

その時、ファンファーレが鳴り響き、国王陛下が中央に進み出た。

王妃陛下と、アッシュ殿下も一緒だ。

「諸君。今日は久方ぶりの参加者もいるようで、明後日に控えたアッシュの立太子式の為に参加してくれた来賓客も多い。怪我のないよう楽しんでくれると嬉しい。さて、優勝賞品であるが、この度ウィリア帝国から土産として頂いた『妖精の涙』を一つ、此度の優勝者に名誉と共に授けようと思う」

『妖精の涙』。たった一度だけどんな傷でも、どんな病気でも治してしまうという宝石だ。

瀕死の状態でも治してしまうソレは、クラーケンの魔石百個が相当数。

治癒魔法師でもリタのように傷のみ治療ができたり、病気や毒のみの治療に特化したものもいるが、全てに対応できる神官や治癒魔法師は稀だ。

竜種の魔石と同等の、希少価値の高い宝石だ。

「妖精の涙か、初めて見るな」

「私もです」

レオンの言葉に、同調する。

彼ほどの高位の人が見たことも無い魔石ということが納得できるほど稀な石なのだ。

「確か、治癒以外の使い方がありましたね……」

「あぁ、……それは……！」

ある人物を確認し、思わずレオンと視線を合わせ、二人でハッとする。

その時、陛下が、黒のビロードの箱の蓋を開けると、歓声が上がった。

どんぐり程度の小さな石は雫形になっていて、ダイヤのように繊細なカットが施されているようだ。

キラキラと虹色に光を反射する『妖精の涙』に、誰もが感嘆の声を漏らす。

「あれは……加工したものなのかしら、それとも……」

「原石ですよ」

私の言葉に被せるように、アストローゼ公爵が言った。

「あちらは原石のままであの美しさなのです。石の大きさに多少の違いはありますが、カットされたように見えるのもまた原石なのです」

その言葉に驚く。

「何もされていないのにあんなに美しいのね」

「はい、まるで我が国の皇女殿下のようだと国民は口を揃えていうんです」

「え？」

「そこにあるだけで、誰をも惹きつける美しさは、我が国の誇りです」

にこりと笑うアストローゼ公爵は本当に自慢気だ。

その後、今回の狩猟大会のルールや、獲物別における点数などの説明が行われた。

珍しい生き物は高得点で、小さな野うさぎなどと比べると何十倍も異なってくる。

また、国王陛下自らが用意された魔物は『サンダーバード』と発表があったが、獰猛な鳥ではなく、電光石火のように動きが素早い魔鳥で、並大抵では捕えることは出来ないだろう。

また、奥に行くほど、魔物は多いというが、魔の森ほどの強大なものはおらず、比較的討伐しやすい魔物がいるという。

エリアも初級、中級、上級と分かれており、万が一のために騎士団も配置されている。

獲得点数については、冒険者が使う魔物別ランクをもとに計算するとのことだった。

更に、今回の大会で自分で仕留めた獲物や魔石は、狩った者の好きにしていいことになっている。

普段、あまり魔物のいない領地で暮らしている貴族は、魔物を狩る気満々で、いつもは市場に出回る物を購入しているので、自分の婚約者や恋人、妻に自分で狩った魔石でプレゼントを……と考えている人も少なくはない。

「ティツィアーノ嬢やお母上は、どのエリアを回るのですか？」

「母は当然上級エリアですが、私は弟と中級エリアを回ります。初級エリアは他の御令嬢方のお邪魔になりますし、私は上級というほどのものではないので」

「またまた、ご謙遜を」

「いえ、今回は黒竜の剣も持っておりませんし、レオンからもらったこの弓矢で頑張ろうかと」

そう言うと、アストローゼ公爵の視線が私の背中の弓に移った。

「綺麗な弓ですね」

「ありがとうございます。あまり実戦向きに見えないかもしれませんが、小さなうさぎや狐を狩るには十分なんですよ。それに私にも心強い護衛が付きますから」

そう言うと、そうなんですね、と彼は頷いた。

「アストローゼ公爵様はどちらのエリアに？」

「僕はウィリア帝国のメンバーと一緒に中級エリアに行くフィローラのお供です」

「レオン達がいるから安心して楽しんでくださいね」

そう言うと、彼は申し訳なさそうな顔をした。

「あの、ティツィアーノ嬢。……フィローラが申し訳ありません。僕もこの国にきてレグルス公爵にお会いするまで彼女の気持ちを知らなかったものですから……。ご不快にしてしまって……」

「とんでもないことです。我が国に足を運んでくださったお客様をお守りするのは王国騎士団の務めですから。私も……分かっていますから」

そう言うと、彼は少し安心したようにありがとうございますと、微笑んだ。

そうして、狩猟大会開始の合図と共に各々が獲物を求めて王家の森に入って行った。

「お嬢様、やる気満々ですね」

「ちょっとね……。ところでさっきから気になってるんだけど……」

カポカポと馬の歩く音が森に心地よく響くなか、ずっと気になっていることを聞いてみた。

「私の護衛多くない？」

「公爵様は過保護ですからねー」

ほほほと笑うリタは今回は私と同様のハンタージャケットを着ている。

私を挟むようにリタとテトが並び、その後ろにオスカーとウォルアン様。さらに後方にリリアン様と一緒に馬に乗ったセルシオさんと、それに並ぶようにルキシオン。おまけにその後ろにレグルス騎士団からも数名が護衛にあたっていた。

「――でねルキシオンさん。お姉様のドレスを作るのに素材や合わせるアクセサリーの話をするんだけれど、お姉様に単語が通じなくて、困ってらっしゃる様が可愛いの」

「お嬢様は、本当にそういった事に疎いですからね。王太子妃教育として受けた勉強の成績はとても優秀だったと聞いていますが、リタがそちらは壊滅的だと呆れていました」

「そう、リタがとても心強いのよ。お姉様ってばすきあらば楽な格好で過ごそうとするから」

「ははは。想像できます」

「レオン様はそう言った点でもリタさんを信用していますからね」

リリアン様とルキシオン、セルシオさんのそんな和やかな会話が、さっきから止まらない。

「……リリアン様は初級エリアが良かったんじゃないかしら」

「お嬢様の勇姿を見たいそうなので、……というか、リリアン様の護衛を引き連れて来たかったんじゃないでしょうか」

「みんな過保護だわ」

そう言うと、愛されてて幸せじゃないですかと二人に笑われた。

オスカーとウォルアン様は相変わらず楽しそうに話をしていて、二人が仲良く話している姿に思わず笑みが溢(こぼ)れる。

大好きな弟が、自分の新しい家族を好きになってくれたのが嬉しくて、胸が温かくなった。

「オスカー様もここ最近腕を上げてらっしゃいますから、今回の狩猟大会のお嬢の好敵手っすよ」

「バカね、テト。あの子を侮(あなど)ったことなんて一度も無いわよ」

そう言って、身体強化をフルにした。

近くにあった一番背の高い木を駆け上り、そのまま飛べるところまで身体強化を使って飛び上がる。

母や、レオン、カミラ皇子や他の参加者の位置、魔物や今回の上位の獲物の位置を把握(はあく)する。

着地した木の幹から、自分の馬に戻ると、オスカーが声をかけた。

「どちらに進みますか?」

「北東の方向に大きなクマがいるわ。その手前に高ポイントの『ルー鳥』。レッドボアの群れもいそうだから、せっかくだし頂きましょう」

「分かりました」

リタとテトを見ると、「「承知」」、と重なった二人の返事にサルヴィリオ騎士団で共に戦った感覚が蘇(よみがえ)ってくる。

サルヴィリオを出て、一年も経(た)っていないのに、懐かしいと思ってしまう。

そんな気持ちが二人に通じたのか、目が合うと、同じように二人とも不敵に笑った。

「行くよ！」

「「はっ」」

その言葉と共に、馬を全速力で走らせた。

「いやー、今夜はご馳走(ちそう)ですね。お嬢の手料理を公爵様に披露(ひろう)できますね！」

「……しないわよ」

「え、僕ティツィアーノ様のお料理いただきたいです！」

「ウォルアン様のお口に入れるようなものではありませんよ！」

山と積まれたレッドボアを見ながら、話していると、そんな和やかな雰囲気が一瞬でピリッとする。

オスカーもその気配を感じ取ったようで、さすがと感心する。

後ろにいたルキシオンと、セルシオさんもその気配を感じ取ったのか、全員が剣を抜いた。

二人はリリアン様とウォルアン様を守るように側に立つ。

当然オスカーの護衛はいらないということだろう。

「何頭だと思う？」

「三頭ですかね」

そう答えたオスカーの目からは先ほどの少年らしさが消えていた。

「いくつ行ける？」

「全部一人で行けます」

そう彼が答えた瞬間、茂みから三頭の狼が現れた。

と同時に、二頭が一瞬で地面に倒れる。

残りの一頭が後方のリリアン様達に向かって行こうとした瞬間、そこに到達することなく残りの一頭も倒れた。

「見事ね……」

「ありがとうございます」

嬉しそうにオスカーが微笑んだその時、東の方角から大きな奇声が聞こえた。

「お嬢様！　緊急事態の狼煙です！」

上空に上がる狼煙を見ると、会場に近い初級エリアの方からだった。

木の上に飛び乗り、身体強化をし、目を凝らす。

「そんな……」

「お嬢！　何事ですか⁉」

「まだ子どもだけれど、レッドドラゴンだわ！　このまま本部に向かう途中にレオン達がいるから合流しましょう！」

「「「はっ」」」


「レオン！」

「ティツィ！」

フィローラ皇女やウィリア帝国の高官達を連れながらレオン達も狼煙の上がる方角に戻っていた。

「レオン、レッドドラゴンです。広場には陛下がいらっしゃいますし、カミラ皇子も、あちらにいます」

「レッドドラゴン⁉　まずいな、サリエ殿は上級エリアの深いところにいるだろうし、トルニア殿も……」

「レオン、先に騎士団とそちらに向かってください。フィローラ皇女は私が安全に王宮にご案内しますので」

「分かった。……気をつけて戻ってくれよ」

「分かっています」

にこりと笑うとレオンが頬に軽いキスをして騎士団を連れて去っていった。

「オスカー、貴方はルキシオンを連れて母上と父上に報告しなさい」

「はい」

「セルシオさんは、後ろのレグルス騎士団と一緒にリリアン様とウォルアン様をライラ様とヴィクト様のところまでお連れしてください。私はウィリア帝国の方々をご案内しますので」

「分かりました」

そう言うと、各々が馬を走らせて行った。

「一体この国はどうなっとるんだ！」

テトとリタと残って、みんなを見届けていると、後ろにいたベルモンド財務大臣が声を荒らげた。

「まぁまぁ、大臣」

アストローゼ公爵はいつも宥め役に徹している。

「だいたい公爵も公爵ですぞ。貴方がお目付役としてここに来たのに、フィローラ皇女はやりたい放題ではありませんか。今日も今日とて部屋で大人しくしておれば……」

「そうですね、そうすれば貴方達が死ぬことも無かった」

「……は？」

きょとんとした顔のベルモンド財務大臣は何の事かとアストローゼ公爵を見た。

「今日、貴方達にはここで死んでいただく。フィローラと一緒にね」

「な、何を言っておるんだ！」

「ニコラス、貴方……」

先ほどまでの、柔らかい表情が嘘のように、アストローゼ公爵は不愉快そうに顔を歪めた。

「ねぇ、財務大臣。僕の周りを調べていただろう？　僕が横領していたのに気づいて。でも仕方ないんだ。金が必要だったからね。このマジックボックスがいくらすると思う？」

そう言って、彼は胸ポケットから小さな木箱を取り出した。

手のひらサイズの、装飾された木箱は紛れもなくあのマジックボックスだ。

「やはり貴方だったんですね」

そう言うと、アストローゼ公爵の顔が小馬鹿にしたように歪む。

「ティツィアーノ嬢。知ってましたって顔するなよ。知ってたら公爵や騎士団員をよそにやったりしないだろう？」

「いますよ。護衛。見えませんか？」

にこりと笑うと公爵は苛立ちを隠す事なく叫ぶ。

「バカにするな！　二人しかいないじゃないか！　しかも一人は女だ」

「そうやって、舐めてると痛い目見ますよ」

「ハッ！　何が痛い目……グッ！」

リタが一瞬でアストローゼ公爵の背後に回り、彼の手からマジックボックスを奪う。

「ね？　言ったでしょう？」

そう言うと、彼は美しい顔を歪めて、苦々しい顔をした。

「ティツィアーノ様、もういいわ。ありがとう。あとは彼を国に連れて帰って、彼の処分に関しては陛下におまかせするわ。もちろん諸々の損害費用や慰謝料はお支払いします」

先ほどまでじっと黙って様子を見ていたフィローラ皇女が静かに言った。

その彼女の落ち着いた様子に、アストローゼ公爵はまさかと目を見開いた。

「グルだったのか……」

「……ええ、あの結婚式の日、フィローラ皇女を呼び出したのは貴方しかいらっしゃらないと、思いましたから。なので、狩猟大会に出ないよう進言いたしましたが、早期解決のため囮になると殿下がおっしゃったのです」

アストローゼ公爵の顔が歪む。

「いつ……気づいたんだ」

「フィローラ殿下のお気持ちを利用したあのお手紙は、侍女の誰かか、貴方にしか書けないのではと思っていましたから。実際、先ほど貴方もおっしゃったじゃありませんか。ここに来るまでフィローラ殿下のお気持ちを知らなかったと。そして、あの壊れたマジックボックス。なぜ急に開いたようなのに、その箱の持ち主が襲われなかったのか……。『妖精の涙』の効果ですよね。持っていますよね？」

そう言うとアストローゼ公爵は苦々しいと言った表情を浮かべた。

『妖精の涙』は、癒しの力と魔物除けの効果があると聞いたことがある。妖精に守られる国だからこそ、ウィリア帝国には魔物がほとんどいないのではないかとも言われていた。

「だからと言って僕が犯人だとは断言できないだろう？　他の侍女……」

「匂いですよ」

「は？」

「貴方の香水の匂いが、あの、マジックボックスからしたんですよ」

「そんなバカな……匂いなんて……」

「だから、あの魔物にフィローラ皇女が襲われた日、皇女に、貴方に気をつけて下さいとこっそり連絡したんです。マジックボックスの持ち主は恐らく貴方だと」

「は？　何をおっしゃっているのか。そんな匂いなど……しませんよ。それだけで僕を疑ってたと？」

「疑ったからこそ、貴方の身辺調査を行いました」

　そう言うと、アストローゼ公爵の綺麗な顔が歪む。

「身辺調査？」

「ええ、身辺調査です。リトリアーノとの繋がりも裏が取れています。先ほどあちらにレッドドラゴンを出現させたのは、リトリアーノの間者でしょう？」

「女の……女の癖に！　出しゃばるな！　何が国境警備の騎士団団長だ！　何が長子が継ぐだ！　どうせ仕事も何もかも全て部下に任せているんだろう？　所詮女にできる仕事など大したものでは無い！」

　その言葉に、彼の本性を見た。

「……何故フィローラ皇女を狙ったのですか？　貴方の国の誇りだとおっしゃっていたではありませんか」

「誇りなどと思うわけがないだろう！　この女が！　国の秩序を乱す女性の進出だの何だのとくだらないことを言うからだ！　女性は男に従うもので、前に出るべきではない！　以前のようにただ着飾って、おとなしくしていればいいものを」

　怒りで顔を真っ赤にしたアストローゼ公爵は、フィローラ皇女に指を指した。

「フィローラ、いい気になるなよ。昨日いつの間にかアッシュ王子と事業提携の契約を結んだようだが、そんな事僕にもできたさ。しかも相手は五歳児。丸め込むなど簡単だったろうさ。それで貴様がウィリア帝国にもたらす利益など微々たるものよ」

五歳といえど聡明なアッシュ殿下の事だ。国のためになると判断したからこそ、他の貴族がフィローラ皇女と提携を結ぶ前に国として動いたのだろう。

「ニコラス。この事業は国の目の前の利益だけを求めたものではないわ！　父上……皇帝陛下だって理解を示している！　この事業の主体は女性で……」

「黙れ黙れ黙れー‼」

フィローラ皇女の言葉を遮り、アストローゼ公爵は声を荒らげた。

「その陛下が、この事業が上手くいけばフィローラをサポートする為に僕と貴方との結婚を進めていると言ったんだ。でも、冗談じゃない。なんで僕がサポートする側なんだ。こんな女と結婚などしなくても、貴様が死ねば、陛下に他にお子がいない以上、王位継承権は僕のものだったのに」

あぁ、彼の顔が誰かにかぶると思ったら、……私の元婚約者だ。

自分の利益だけを求め、自分の思い通りにならないと癇癪を起こす。

外面の良さだけが彼と公爵の違いだろう。

「では、言質も取れたことですし、ご同行いただきましょう」

「は、行くわけが無いだろう？　僕だって王家の血を引くものだ。さっきは油断したが、貴様らから逃げる隙を作るぐらいは出来るさ。ましてや今騎士団の連中もレグルス公爵もレッドドラゴンの討伐に行っている。貴様もさっさと行かないと愛しいあの男がドラゴンに食われるかもしれないぞ」

「……見えませんか？」

「は？」

「言いましたよね。護衛がいるって」

その時、ガサリと私たちの周囲をレグルス騎士団が取り囲んだ。

「いつのまに……」

「気づかない方が間抜けなんですよ。ずっと近くにいましたよ」

「お嬢様！」

その時、リタの手の中のマジックボックスが振動を始めた。

ざわりと不快なものが駆け上がり、思わず叫ぶ。

「リタ！　捨てて！」

リタが投げ捨てると同時に、マジックボックスが開き、中から耳を劈く様な奇声と共にグリフォンが出てきた。

獅子の体を持ち、大きな翼を広げた鷲の魔物。

フェンリルと同等の強さを持つ魔物は、狙いをこちらに定めてくる。

人間の三倍はあろう体格差に思わず息を呑んだ。

「ははははは！　貴様らそのまま食われてしまえ！　僕は『妖精の涙』を持っているか……ら」

アストローゼ公爵が言葉を言い終わらないうちに、目の前でグリフォンが一瞬で凍結される。

「ティツィ。無事か」

「レオン！」

「バカな……、レッドドラゴンの討伐に行ったはずでは……」

そう呟くアストローゼ公爵を見向きもせずレオンが応える。

「サリエ殿が対処しているさ。彼女は上級エリアに行かず初めから陛下の側にいたんだよ。騒ぎを起こして騎士団を集中させるなら陛下を狙ったふりをするのが一番効果的だからな」

「……っく。嵌めたのか！」

「上手くいき過ぎて可笑しいとも思わなかったのか？　貴様は初めからティツィの手のひらの上で踊らされてたんだよ」

「そして、公爵様は息を潜めてお嬢を見守ってたってねー」

「テト、ちょっと黙ってなさい」

そうテトを窘めると、その呑気なやり取りにイラついたのか、アストローゼ公爵はこちらを睨みつけた。

「貴様ら、レッドドラゴンだぞ！　女ひとりでどうにかできるモノじゃない！　所詮貴様の母親の名声も誰かの功績だろう？　一人で黒竜を倒した？　そんなの御伽話の世界だ。実話なら化け物だ」

そう彼が嘲った瞬間、レッドドラゴンの首がゴトッと目の前に落ちてきた。

「なっ……」

「化け物で悪かったな」

「母上」

「全員無事だな。このドラゴンは、土産だ。あちらもリトリアーノの間者を取り押さえたから、何の心配もない。大会も続行だ」

不敵に笑う母に、さすがですと微笑んだ。

「で、こいつを連行していってておしまいでいいのか？」

「あ、待ってください」

そう言って、背中にある弓をとって構えた。

「……なんだ？　……僕を射つのか？」

まさかと青ざめるアストローゼ公爵の言葉を否定する。

こんな男は射つ価値もないし、使う弓矢が勿体無い。

「いいえ。私は今日は狩りしかしないとレオンと約束しましたから。誰かと……何かと戦うことはしませんよ。大会続行なら狩りをしないと」

「はっ。戦わないいんじゃなくて戦えないいんだろう？　所詮お飾りの騎士団長だったんだろう？　大体そんなおもちゃみたいな弓矢で何をしようと言うんだ。うさぎを仕留めるのが精一杯だろうよ」

こんな状況でも口の減らない公爵に、ある意味尊敬の念すら抱いてしまう。

「……気づいていますか？」

「何に？」

「さっきからサンダーバードがこの森の上を縦横無尽に飛び回っているのに」

指を一本立てて上空を指差すと、彼は訝しげな顔をした。

「……？」

飛んでいることにすら気づいていないその愚鈍さに笑いが溢れた。

「サンダーバードの好物はレッドボアなんです」

そう言ってレッドボアを上空に向かって高く投げた。

「何を……」

「私、剣より弓が昔から得意なんですよ。まぁ、どうでもいいでしょうけど」

そう言って、背中に据えてある弓を構えた。

『弓』に魔力を通す。

「まさ……」

ドォンと、公爵が何かを言う前に彼の頭上からサンダーバードが落ちてきた。

「あああああああ」

彼は逃げる間もなくサンダーバードの下敷きになる。

妖精の涙を持っているから、瞬時に回復することは分かっていたが、自分の体の二倍ほどもあるサンダーバードの下から簡単に抜け出すことは出来ない。

「この弓、両端の装飾にはめてある石、魔石なんですよ。優勝狙っているのに、うさぎや狐しか狩れないようなものを持ってくるわけがないでしょう？」

そう言って、しゃがみ込んで彼に弓を見せた。

「今回の大会は、私の優勝ですかね」

「ふ、ふざけるな……！　早くこの鳥を退けろ！」

「……これは私の復讐です。前回結婚式を台無しにされたね。本当は、ボッコボコにしたいんです。ボッコボコですよ？　でも、ささやかなものでしょう？」

そう言って、彼に微笑んだ。

「っ……。いい気になるなよ」

王国騎士団にサンダーバードの下から引き出され、連行される間際にアストローゼ公爵が言った。

「何ですって？」

懲りない男だと思いながら聞き返すと、憎々しげに私たちを見た。

「所詮女じゃないか。何の役にも立たないさ。今回はたまたま上手く行っただけで、最後に勝つのは男なんだよ。お前らなんて、所詮子どもを産むための道具なんだよ！」

その言葉に思わず彼の頬を引っ叩いた。

「所詮子どもを産むための道具⁉　それがどれだけ大変で、どれだけの思いで子どもを……育ててると思ってるの⁉」

脳裏に浮かぶのは昨日の、ルーイさん。

どんな思いでルーイさんがたった一人でネロ君を産んだか、私には想像しか出来ない。

ミミとほんの数時間街に出かけただけでどれだけ大変だったか。

目が離せない子どもがいて、自分の生活を支えながら、子どもを育てていくのがどんなに大変か。それはやっている本人にしか分からないことだ。

『大変で、思い通りに行かないことばかりだけれど、それでもこの子達がくれる笑顔で救われる』

そう言った彼女の言葉は愛に溢れていた。

道具だなんて言わせない。

「女の分際で僕を叩くなど……」

顔を真っ赤にしたアストローゼ公爵は、怒りに震えている。

「どれだけ長い間、赤ん坊がお腹にいると思うんです。……大事に、大事に抱えて、お腹の子に会える日をどんなに待っていると思うんです。生まれたら一秒だって目を離せない！　大切に、大切に……子どもを見守って」

思わず握りしめた拳に力が篭もる。

「だからなんだ。それがお前達女の仕事だろう」

「女性がいないと命は生まれません。国は女性なしには成り立たない。そんなことすら分からない貴方が万が一にも王になったら国はすぐに滅ぶでしょうね」

「この僕を馬鹿に……っ！」

「だって馬鹿ですから。貴方は一人で生まれたんですか？　産んでくださったお母様がいらっしゃるでしょう？　貴方だって……」

沸々と湧いてくる怒りが止められない。

その怒りが右手に力が篭もるのを加速させていく。

「貴方だって、ママにお乳飲ませてもらってデカくなったんだろ――‼」

そう言って、彼の顔面をグーで殴ってしまった。

気を失った彼には聞こえないかもしれないけれど、言わずにはいられない。

「所詮女と罵(ののし)った人間がどれだけのものか、暗い牢屋(ろうや)で指でも咥(くわ)えて一生見てなさい」

そう吐(は)き捨(す)てた私の後ろの方で、「俺、将来奥さんには絶対逆らわないようにする」「当たり前よ。幸せな結婚生活を送りたいのならね」と言うテトとリタの会話を私は、聞(き)き逃(のが)すことは無かった。


みんなで会場に戻ると、広場の中心にレッドドラゴンが置かれており、その周りに人が集まっていた。

会場には各々が狩った獲物が置かれているが、もはやレッドドラゴンの添え物にしか見えない。

サンダーバードを狩ったものの、可愛らしい小鳥のように見えた。

アストローゼ公爵に大口を叩いたけれど、レオンはグリフォンを倒し、母はまだ子どもとはいえレッドドラゴンを倒しているのだから、私の優勝は無かったと思わず笑ってしまう。

「義兄上、姉上、ご無事で」

「オスカー。貴方も無事なようで安心したわ。……それにしても、見事な切り口ね」

目の前にある頭部の無いドラゴンを見てため息しか出てこない。

「一撃だな」

「ええ、他に外傷はありませんし……。僕改めて母上の壁の高さを見せつけられました」

「そうね、でもきっと貴方なら超えられるわ。その才能もあると思うし、その為の努力もしているもの」

そう言うと、オスカーが嬉しそうに微笑んだ。

「お姉様～！」

レグルス家の天幕の中からリリアン様がこちらにかけて来て、私に飛びついた。

その後ろからウォルアン様とヴィクト様、ライラ様もこちらに向かって来ている。

「ご無事で良かったです！」

「ご心配おかけしました。でも、今回は護衛も沢山連れていたので心配ないと申し上げたではありませんか」

ぎゅっと抱きついてくれるリリアン様が可愛すぎて思わず頭を撫でくり回してしまう。

「でも、お姉様は最良と判断されたらご自身で突っ込んで行かれるから、私は心配が絶えません！」

可愛らしいほっぺたをプンと膨らますリリアン様が、拳を握りしめて言う様に愛しさが込み上げる。

「レグルス嬢」

その時、オスカーがリリアン様に声をかけた。

そう呼ばれたリリアン様はハッと顔を上げ、私から離れてオスカーに向き直った。

「あ、……はい。なんでしょうか？　オス……サルヴィリオ伯爵子息様」

以前のひんやりした会話ではなく、なんだか……ただ、オスカーのぎこちない様に面食らってしまう。

ふと横に視線をやると、レオンをはじめとした面々の視線もそちらに集中している。

「お怪我を……？」

オスカーは、リリアン様の服の端についた血痕を心配そうに見ている。

その視線の先に気がついたのか、リリアン様がにこりと笑った。

「あぁ、これは私の血ではなく、狼の返り血ですわ。ご心配いただきありがとうございます。さっさと着替えればいいのですけれど、結果発表に間に合わなくてはお姉様の祝福を一番に出来ないので」

あぁ、リリアン様ごめんなさい。

きっと優勝は無いかと……。

そんな事を思いながらも黙って二人の様子を窺った。

リリアン様の言葉を聞いたオスカーは、ふっと表情を緩ませ「貴方がご無事でよかったです」と微笑んだ。

その表情は、本当に安心したという顔で、なぜかこちらがドキンとしてしまう。

リリアン様も驚いたのか、顔を赤くして固まっている。

な……なんだか雰囲気が……。

思わず野次馬根性丸出しの自分が恥ずかしくなるが、周囲を見回すと、私以上のギラギラした目で、全員が野次馬根性丸出し状態と化していた。

「……。あの」

「は……はい？」

少し、戸惑ったような顔をしながら、オスカーが口を開いた。

「貴方に謝罪を」

そう言ってリリアン様の前にオスカーが片膝をついた。

「え？」

「貴方に失礼な態度をとったことをお詫びしたいと思いまして」

「貴方がお怒りだったのは……私がお姉様に以前の結婚式で……誤解を招くような意地悪なことを申し上げたからですよね？」

「お恥ずかしながら。僕が怒ることではないのに、感情をコントロールできなかった未熟な自分を情けなく思っています。それで貴方に不快な思いを……」

オスカーがそう言うと、リリアン様が彼の謝罪を遮るように口を開いた。

「でも、貴方がお怒りになって当然です。私だってお兄様があんなことを言われたらきっと同じように怒っていますわ」

「……お優しいですね。でも、謝罪はさせていただきたい。申し訳ありませんでした」

「それで貴方の気が済むのなら。私は二回も貴方に助けられましたし、お礼の言葉しかありません。……でも、今後仲良くしてくださると嬉しいです」

「ありがとうございます。……それから、僕からお礼を申し上げても？」

「え？」

なぜそこでお礼が出るのかと不思議な顔をしたリリアン様の右手を、オスカーがスッと取る。

「先ほど、姉上のためにご令嬢方に怒ってくださった事、とても嬉しかったです。姉上はそちらでも皆様(みなさま)に大事にされていらっしゃるのですね。先ほどの道中でも姉を思うお話が聞けて……安心しました」

「とんでもございません。私こそいつもお姉様によくしていただいていますもの。私だって大事なお兄様にあんなことを言われたら嫌(いや)みの一つでも言いたくなります。サルヴィリオ伯爵子息様がそう思われたのも当然の事ですわ。私が子どもだったのです」

申し訳なさそうに言いながらも、儚(はかな)げな花のように微笑むリリアン様をオスカーが優しく見つめる。

そんな二人のやり取りを見て、ライラ様が拳を握りしめている。

「いいわよ、リリアン。そのままオスカー君と婚約まで持って行っちゃいなさい！」

「ライラ……。僕の意見は……」

そんな緊張感のない前レグルス公爵夫妻の会話が聞こえてきた。


「ティツィアーノ様、レオン様、この度はありがとうございました」

母の優勝という当然の結果で授賞式が終わり、レグルス家の天幕に戻ったところにフィローラ皇女が侍女を連れて挨拶に来てくれた。

「いいえ、皇女殿下のお力添えがあったからです。私としては殿下が安全な状態でアストローゼ公爵を捕らえたかったのですが、貴方が囮役を買って出てくださったおかげで、早期解決となりました」

レオンがそう言うと、フィローラ皇女は首を横に振る。

「いいえ。私のために動いていただくんですもの。当然だわ」

そう言って、彼女がふわりと微笑んでこちらを見た。

彼女を狙ったのは長い時間を共に過ごしてきた従兄妹だ。

その従兄妹の裏切りによる彼女の胸の痛みを推し量るなんて出来ない。

「ティツィアーノ様、貴方には感謝しか無いわ」

そんな私の思いを知ってか知らずかフィローラ皇女が静かに微笑んだ。

「レオン様、ティツィアーノ様、私どもからも心から御礼申し上げます」

彼女の横にいた年配の侍女長が進み出て深々とこちらに頭を下げる。

「そして何より、ティツィアーノ様。貴方様の結婚式の日に、殿下のお命も、こちらにおりますケイトとアリアの命も助けていただいたこと、深く深く感謝申し上げます」

ケイトとアリアと呼ばれた侍女はあの日、結界の外で瀕死の状況で倒れていた女性たちだ。

「……フィローラ殿下は我々女性の希望の光なんです。以前、ウィリア帝国にあるビラ鉱山という所で大きな地震が起きてそこで働いていた男性たちはほとんどが亡くなってしまいました。我が国では女性の働き口などほとんどありません。夫を亡くした女性たちは自分を売るしか道はなかったんです」

その話に思わず目を見開く。

「けれど、殿下はそんな女性達に仕事を与えてくれた方なんです。お給料も男性同様に頂けて、働き口が見つからない女性は皇女殿下の作ってくれた職業訓練所のおかげで手に職を持つことが出来、家族と、子どもとご飯が食べられるんです。私も、この子達もその鉱山で家族を失った者なんです」

そう告げる侍女が殿下を見つめる瞳はとても優しい。

彼女達にとって、フィローラ皇女の存在がどれほど大きいかよく分かる。

「貴方たち……」

「正直、最初どうしてレグルス公爵様は姫様を選ばれなかったのか……、なぜ貴方のような方なのかと大変失礼ながらそう思っておりました。ですが、さすが姫様のお眼鏡に適った男性が選ばれた方だと……誰もが憧れる公爵夫人になられる姿が目に浮かびます」

「あ、ありがとうございます」

当初、彼女たちから向けられていた冷ややかな視線は微塵も感じられない。

一人でも私がレオンにふさわしいと思ってくれることは何より嬉しかった。

「なので……姫様にも貴方様のような方が現れてくれることを心から祈っております」

……？

「ええと？」

ちょっと理解し難い事を言われてしまい、思わず頭にハテナが浮かんだ。

「あぁ、なぜ貴方と姫様がもっと早く出会わなかったのか！」

なぜか突然崩れ落ちていく彼女たちに固まってしまう。

「お嬢様ってば、とうとう他国の女性まで落としちゃったんですね」

「リタさん、見てください。公爵様の顔が死んでますよ」

すると、フィローラ皇女がくすくすと笑い、「貴方たち、それくらいにしなさいな」と彼女たちを窘めた。

「ごめんなさいね。……ではティツィアーノ様。明日、お待ちしておりますわね。最高のドレスが出来上がっていましてよ」

そう言って、女神の微笑みを残して彼女は去っていった。

「明日？」

横でずっと黙って聞いていてくれていた母が、フィローラ皇女の消えた天幕の出口に視線をやりながら言った。

「ええ、実は、フェンリルに殿下が襲われた日の夜、レグルス邸に来てくださったんです」

そう、あの日の来客はルーイさん親子だけでは無かった。

深夜、レグルス邸にお忍びでフィローラ皇女が先ほどの侍女長と来たのだ。

——二日前
「フィローラ皇女！　いつ狙われるとも分からないのに、王宮を抜け出すなんて！　騎士団の連中は何をしているんだ！」
「そうですよ！　早くお戻りになって下さい。アストローゼ公爵様に関しての報告は届いてますか？」

レオンも私も、厳重な警備を抜け出してレグルス邸にやって来たフィローラ皇女に、驚きを隠せなかった。

アストローゼ公爵が疑わしいので注意するようにとフィローラ皇女宛てに秘密裏に連絡を出したはずだ。

「ニコラスのことはもちろん聞いたわ。ここに来たのは、……貴方にきちんとお礼も、謝罪もしていなかったし、どうしても伝えたいことがあったからよ」

そう言って、私たちが応接間に案内するなり、彼女は数冊のスケッチブックを取り出す。

「これは？」

「今こちらに持ってきているドレスのデザインと、生地の見本よ」

「……はぁ。私にはよく分からないのでリリアン様に……」

私に営業しにきたのかと思ってそう答えると、バンッと机に両手をついてフィローラ皇女が立ち上がった。

「貴方の！　ウェディングドレスよ！」

その言葉に目を見張る。

「え？　私のですか？」

「そうよ。立太子式の前に結婚式を行うんでしょう？　王宮が用意するものより、よっぽど貴方に似合うものを用意するわ」

「でも、もう日数もありませんし……、出来合いのもので……」

「良い訳が無いでしょう！　私のせいでこんな事になって……。それに私のメンバーを舐めないでいただける？　二日もあればご用意いたしますわ」

そう言って皇女らしからぬ不敵な笑みを浮かべた。

「なんて頼りになるお姫様」

そう背後でリタの呟く声が聞こえる。

「貴方、ティツィアーノ様の侍女ね」

「はい」

そう言って、リタが頭を下げる。

「今日は私の侍女たちを助けてくれてありがとう。貴方にもきちんとお礼せずに、申し訳なかったわ」

「とんでも無いことでございます。あの状況でしたから、皆様がご無事で何よりでございました」

「貴方も良ければドレスを選んでちょうだい。侍女だからといって結婚式にまでメイド服で参加したりしないでしょう？　貴方が私の侍女の命を助けてくれたことに比べて、大したものではないのだけれど」

「ありがとうございます」

そう言って、いそいそとリタもデザイン帳をパラパラと捲って、私のドレスと自分のドレスをフィローラ皇女にお願いしていた。

「お嬢様は、このようなデザインが……——」

フィローラ皇女とリタのやり取りについていけず、目眩を覚えた。

「大丈夫か？」

クスリと笑うレオンが少し憎らしく、思わず「大丈夫じゃありません」と答えてしまう。

「それよりも、フィローラ皇女が私は心配です。今日あんな事があったのに、こんな事をしていて大丈夫でしょうか？」

「きっと気を紛らわしたいんじゃ無いか？」

意見を出し合うリタとフィローラ皇女はとても生き生きとしていて、とても真剣だ。

私も気を紛らわしたい時、昔から剣を無心に振っていたことがある。

フィローラ皇女が気を紛らわす方法は、ドレスやデザインについて考える事なのかもしれない。

「少しでも気が紛れると良いですね」

「そうだな」

その翌日、午前中私はアストローゼ公爵が不在である事を確認してドレスの試着のため王宮に来ていた。

　さらにはリリアン様もルーイさんも一緒で、殿下や裁縫チームの人たちと対等に真珠のデザインについて議論をしている。

「こちらかこちらのドレスはいかがかしら。……これもいいわね。見本として持ってきたものだけど。少し調整すれば着られるわ」

　皇女の滞在の為に用意してある離宮の最上階に連行……案内された部屋には、見たことも、もちろん着たことも無い様なキラキラしたドレスが所狭しと置いてある。

「本当に、こんな素敵なドレスをお借りしてもよろしいのですか……」

　そんな中からフィローラ皇女は自らいくつかのドレスを私の前に並べた。

「やめて頂戴。差し上げるのよ。貸すなんて半端なことはしないわ」

　そう不敵な笑みを浮かべたフィローラ皇女は、侍女たちに白のドレス以外は片付けるようにと指示を出し、私に合う白のドレス生地を顔に当てて見ていく。

「……ティツィアーノ様……私は、ずっと……、守ってくれる人も、必要としてくれる人もいないと思ってたわ。皇帝陛下である父も、私を道具としか見ていないし、でも、……二年前、レグルス公爵様がお見合いという形で我が国を訪れた時、唯一、私のしたことを褒めてくれたの」

　生地を私に当てながら、ポツリ、ポツリと話し始めた彼女の言葉に耳を傾ける。

「自分の事業の話に興味を持って聞いてくれる男性なんていないと思ってた。きっとこの人も私のしたことなんてどうでもいいと思っているだろうって。でも、『生きるための術を持つのは大事な事で、その環境を与えてあげた貴方は素晴らしい。誰かの為に何かをすると言うのは簡単なことじゃない』って。たったそれだけの言葉だったけれど、恋をしていたのね。……私も彼に愛されたかった。きっとお見合いは上手く行くと思ってた」

懐かしむように言うその瞳や儚さに目を奪われる。

「あの時、きっと私を通して貴方を想っていたのね」

そう微笑んだ彼女の言葉に胸を締め付けられた。

なんと言っていいのか言葉に出来ない。

そんな私の表情を見て、フィローラ皇女は「昔話よ」と、微笑む。

「さぁ！　ティツィアーノ様。時間は有限です。サクサク参りましょうか」

先ほどと打って変わったように、パンパンと手を鳴らし、そう言った彼女の言葉にゴクリと喉を鳴らすも、すぐ横でリリアン様も昨日のリタのように「頼もしいお姫様ですね！」と、グッと親指を立ててきた。

「お嬢様、こちらなんて素敵かと思いますけど！」

リタが興奮気味で持ってきたドレスは、胸の下から切り替えが入っており、スカートの部分はふわりとした柔らかな生地が幾重にも重なっている。

空気を含んだかのような柔らかな生地は、触るだけでも心地よい。

よく見ると、スカートのひだには刺繍がしてあり、見る角度や光の当たり具合で浮き上がり、とても美しいと思う。

「綺麗……」

「気に入ってくれて嬉しいわ。私のイチオシなのよ」

「でも、ちょっとこれは、私にはハードルが高いかと……」

まるで御伽話に出てくる女神様のようだと思いながらもっと私の身の丈にあったものはないかと他のドレスに視線を移す。

「似合わないなんてことは無いわ。肌の露出が多いのが気になるなら、レースをこうして……、こんな感じかしら」

ささっと、紙に何かを描いたものを『縫製スタッフ』とやらが覗き込んで「「承知致しました！」」と早速制作にかかっていた。

昼頃にはアストローゼ公爵が戻ってくるとの知らせを受けていたので、レグルス邸に戻る準備を始めた。

「では、式までにドレスは完璧にしておくから。心置きなく狩猟大会に参加してくださいませ。私も、ニコラスにバレないように完璧に演じますわ。色々とね」

そう不敵に笑ったフィローラ皇女の紫水晶（むらさきずいしょう）の瞳には、初めて会った時に私に向けた冷ややかな色は無かった。

「――とまぁ、こんなことがありまして」

熱弁するリタにほほうと母が感嘆の声を漏らした。

「成る程。それはまた、頼もしい女性だな、リタ」

「そうなんです！　サリエ様もお嬢様のドレス姿を楽しみにしていて下さいね！　前回も素敵でしたが、今回のドレスもとても素敵ですから」

そう満面の笑みで言ったリタに、それは楽しみだと母が笑った。

最終章　晴れの日

爽(さわ)やかな風が吹(ふ)き抜(ぬ)ける自室のテラスで、ぼんやり空を眺(なが)めていると、少し欠けた月が、雲の合間から顔を出したり隠(かく)れたりを繰(く)り返(かえ)していた。

「まだ起きてたのか、ティツィ」

「レオン」

隣(となり)のテラスから顔を出したレオンが、グラスを片手に部屋から出てきた。

「レオンこそ、お帰りが遅(おそ)かったのに。私は狩猟(しゅりょう)大会から帰って少し休んでたんで大丈夫(だいじょうぶ)ですよ」

「明日、君が私のものになる事を考えたら寝(ね)られなくて、酒の力を借りようかと思っていたところだよ」

そう言って琥珀(こはく)色の液体の入ったグラスを少し持ち上げた。

あぁ、たったそれだけの仕草に色気を醸(かも)し出(だ)す意味が分からないんだけど！　そう思いながらも、胸が無駄(むだ)に跳(は)ね、脈が早くなるのが分かる。

「明日かぁ……」

「……そ、そう言えば、アストローゼ公爵様はどうなりました？」

「気になる？」

「それは、まぁ……」

結局のところ、あれだけの高位の魔物を放ったにもかかわらず、人的被害は無かった。

カミラ皇子は、第二皇子が戦争で功績を挙げる資金稼ぎの為今回のマジックボックスの売買を行ったんだろうと言っていた。

使い物にならない高額なマジックボックスを、裕福な王侯貴族に売ってその資金を得ようとしたのだろうと。

前回の遠征での失敗でリトリアーノの皇帝は戦争を起こす気はなく、寧ろ資金を注ぎ込んだマジックボックスの失敗が他国に知られることを恐れたようだ。

皇女を魔物の国に連れてきたことによって死んでしまったことにしようとしたアストローゼ公爵は、そのアイテムに飛びついたようだ。

リスクを知ってもなお、購入したのは『妖精の涙』を所持していたからだ。

たまたま利害の一致で手を組んだだけの第二皇子とアストローゼ公爵。

自分が関わっていたのだから、当然無関心ではいられなかった。

ため息をつきながら、テラスの手すりに腕を置き、その上に顎を置いて、流れていく雲をぼんやり眺める。

「良い人だと思ったんですけどね」

そう、思わずポツリとこぼした。

初めてにこやかに挨拶してくれた時も、『竜と勇者』の話をした時も、彼の全てが演技だったとは思わない。

実際、彼と幼い頃に夢中になった本の話をするのは楽しかった。

幼い頃にレオンと重ねた勇者の事や、自分もこんなふうになりたいとか、王女に自分を重ねてみたりと楽しんだ事は、今でも鮮明に覚えている。

「ティツィ？」

「え？」

物思いに耽っていたからか、いつの間にかレオンがこちら側のテラスに来ていることに気がつかなかった。

月をバックに妖しく光る彼の目に思わず息を呑んだ。

「明日、君は私の奥さんになるというのに、他の男のことを考えるなんて酷いな」

さらりと私の髪を一房とって、彼の手からするりと溢れ落ちていくのを楽しんでいる様ですら、現実味を感じないほど美しい。

まるで、蛇に睨まれたカエルのようで、そこから一歩も動けなかった。

早鐘を打つ心臓も、熱くなっていく顔も、自分ではどうすることも出来ない。

「そんな顔で、君の口から他の男を『良い人』と言われるのは……なんだろうな、嫉妬でどうにかなってしまいそうだよ」

その、低く、囁くような声に動くことが出来ず、こくりと自分の喉が鳴った。

「ティツィ。君は本当に私の理性の限界を試している？」

「え？」

月が背にある彼の顔は分からないけれど、レオンから見たら私の顔は月の光で照らされているのかもしれない。

「そんなに顔を真っ赤にして、潤んだ瞳で見られたら、いつ私の理性が弾け飛んでもおかしくないよ？」

いや、お願いですから理性の紐はきっちり結んでおいて下さい！　と言いたいのに声が出ない。

レオンの右手が頬を撫ぜ、左手が後頭部に添えられる。

「レオン……あの。酔ってます？」

「どうかな？　君の香りを嗅ぐたびに、いつだって正常な判断ができていない気がするから……」

「……っ」

不意に唇が塞がれ、体が硬直する。

「レオ……ン！　あの、待って」

「ティツィ、私は君の居場所を奪ったんだろうか」

不意に彼の胸に顔を押し付けるように抱きしめられ、心臓を鷲掴みにするような彼の声と、その言葉に目を見開く。

「君を君らしく無いところに押し込めているんじゃないだろうか。ずっと、その考えが頭にこびりついて離れない」

「レオ……？」

レオンのいつになく余裕の無い声に思わず彼の顔を覗き込もうとするも、後頭部に置かれた手がそれを許さない。

力強く抱きしめているはずの腕が微かに震えている。

レオンに不安なんてないと勝手に思っていたけれど……。

「今日、君が戦わないと決めた時、剣を振るわないと言った時、それでよかったのかとずっと悩んでいた」

夜風のせいか、緊張のせいか分からないけれど、頭に添えられた彼の冷えた手に、そっと自分の手を重ねた。

守りたい。

彼の柔らかく、弱い部分も。

私が彼の弱い部分にならないように。

強くなりたい。

「レオン……私は強くなりたくて、たくさん、たくさん剣を握って来ました。弓も、何千何万も射って来ました。でも、武器を持つことが全てじゃない。貴方のそばで、色んな戦い方があると思っています。今、まだ私は私の戦い方しか出来ないけれど、もっともっと勉強して、経験して……公爵家も、貴方も守りたいと思っているから。貴方の側が私の居場所だと胸を張って言えるように……だから……っ」

不意に唇に重ねられた熱いそれに、言葉を呑む。

「私も、君の隣にふさわしいと誰もが認める男になるよ」

そう言って、レオンがいつもと同じように柔らかな目で私を見た。

「……なので、大変不本意ではあるが、これを君に渡しておくよ」

「これって」

レオンが私の手のひらに小さな箱を載せる。

開けていいよと言うので、中を見ると、キラキラと輝くどんぐり大の石がシルクの生地の上に鎮座していた。

「『妖精の涙』ですか？」

「そうだ。サリエ殿から」

不貞腐れたように言うレオンが可愛くて、思わず笑ってしまう。

「母が優勝したから拗ねているんですか？」

「違う。それを私からティツィに渡してくれと言った時のサリエ殿の勝ち誇った顔を思い出しただけだ」

「それは結局一緒じゃないですか。なんだか分からないけど、レオンと母のそんな感じ、好きです」

母とレオンは唯一対等な感じがする。

お互い手を抜かなくても良いような。

母はやることが豪快だから、まるで『動く伝説』のようだけど、実力はレオンも同等なのは間違いない。

北をサルヴィリオ家、南をレオン率いる王国騎士団。

この完璧な布陣が現在他国を寄せ付けない大きな要因だ。

「というか、レオンが大会にエントリーしていたことにびっくりしましたけどね。フィローラ皇女の護衛に集中するのか……と」

その時、今回なぜ自分が狩猟大会に参加することにしたのかを思い出す。

今日のあのバタバタで本来の目的がすっかり抜けていた。

「ティツィ？」

「レオン！　そういえば私、今日仕留めた魔物や獲物を持って帰っていません！」

思わずレオンの着ていたシャツをグッと摑む両手に力が籠もる。

「え？　あぁ。それなら騎士団の連中に持って帰らせてる。食べられる肉は厨房に運んで、魔石は新人騎士が取り出してアーレンドが保管しているはずだ」

そんなに急ぐことがあるかとレオンがきょとんとした。

「良かった！　じゃあ、私、ちょっとアーレンドさんのところに行ってきます！」

「は⁉　この時間に⁉」

レオンに腕を摑まれるも耳を澄ますと、一階の執務室から音がするので、アーレンドさんはまだ起きているだろう。

「大丈夫だと思います。今、まだ執務室の片付けをされていらっしゃいますし、ちょっと必要なものをいただくだけなので」

明日の朝アーレンドさんのところに行ったのでは時間が遅くなってしまう。

「ダメだダメダメ！」

そう言いながらレオンがあまりに凄むけれど、こちらにも譲れない事情がある。

「私も大事な用なんです。めちゃめちゃ急ぐんです。なんでダメなんですか⁉」

腰に手を当ててそう言うと、レオンは困ったような、少し怒ったような顔をする。

「ティツィ、何でダメなのか分からないのが問題なんだよ。今君は自分がどんな格好をしているか分かっているのか⁉」

そう言うレオンの言葉に自分の服装を確認した。

おろし立てのテロンとしたライトグリーンの生地はとても肌触りがいい。

「シャツに……パンツですけど……。あ！　でもこれちゃんとシルクですよ！　今までは綿素材でしたけどリタが……」

「違ああああぅ！」

もう何を言っているのか分からないから、ハッキリ言ってくれたら良いのにと文句を言う。

「ティツィ！　こんな夜中に！　寝巻きで！　しかも薄着で！　風呂上がりのいい香りをさせて！　男の部屋に行くなど論外だろう？」

「いや、そもそも男の部屋ではなく、貴方の執務室ですけ……ど……」

思わず口に出すと、目を見開くレオンの圧が最後まで言わせてくれない。

「男と二人っきりと言うのがダメなんだ。あぁ、もう私が行くからちょっと待っててくれ」

それはまずい！

「……明日にします」

「え？」

レオンに取りに行ってもらっては困るのだ。

『あれ』を見られたら羞恥で死ねる！

「良いです。明日にします」

「え？　急ぐんじゃ……？」

「明日で大丈夫です。では、おやすみなさい」

「あ、あぁ……おやすみ」

そう言って、突然の手のひら返しに呆然とするレオンを残し、自分の部屋に戻って行った。


「お嬢様！　時間かかりすぎですよ！　遅刻も遅刻、大遅刻ですよ！」

翌朝、王宮の庭を全速力で駆け抜けながら、フィローラ皇女の待つ部屋に向かっていた。

「分かってるわよ、時間が過ぎてることくらい！」

「大体お嬢様は大袈裟に狩りすぎなんですよ」

「しょうがないでしょう！　選べる駒は多い方がいいし！」

昨日、レオンの許可が下りなかったおかげで、朝一番にアーレンドさんのところに行き、私の狩った魔物の魔石を受け取るはめとなった。

　張り切って狩りすぎたせいか、集めた魔石の中から『私の瞳の色』と同じ物を探すのに時間がかかった。

　私が狩った魔物は、赤みや黄色味を帯びた茶色の魔石を持つものに限定していたので、レオンが取りに行ったら、私が考えていたことがバレるかもしれないと思って、明日にすると言ったのだ。

「大体、全部自分で見るから分からないんですよ。魔石を受け取った時点でさっさと相談に来てください！」

「だって、これかな？　って思ったら『こんなにキラキラしてない』って思われるのも恥ずかしいじゃない」

「変なところで恥ずかしがらないで下さい！　ルーイさんにも迷惑かけて、めちゃめちゃ急がせて！　特別手当お渡ししてくださいよ！」

「分かってるわよ！」

　そんなやり取りをしながら、王宮にある来賓客用の建物に向かって走る。

　フィローラ皇女の部屋は建物の最上階、五階にある。

　入り口を通り、人の溢れる廊下や階段を通り、彼女の部屋に行くよりも……。

「……。身体強化して、窓から入ったらダメかな？」

「ダメです」

息を呑むほどのオーラを出しながらリタにピシャリと却下される。

「私だってその方が楽だけど、人目があるんですからね」

と、至極尤もな指摘を喰らった。

「遅いわよ！　また結婚式をダメにする気⁉」

いつもの凛としたフィローラ皇女はどこへやら、ドアを開けた瞬間、怒声が飛んできた。

迫力美人が怒った時の怖さは、常人の比ではない。

「ご、ごめんなさ……。ちょっと所用……」

「いやぁぁあ！　汗もこんなにかいて！　髪も乱れて！　風呂係！　洗髪係！」

「「はい‼」」

まるで、物語に出てくる魔王でも日の前に現れたかのような、恐怖に引き攣ったフィローラ皇女が叫ぶと、私は浴室に連行されていった。

「メイク係！　着付けと同時進行でやって！　ドレスも早く微調整しましょう」

そう言って、「縫製スタッフ」「美容スタッフ」に取り囲まれ、少しでも動こうものなら子どもの様に「じっとなさい！」と怒られる始末。

「ふぅ。あとはアクセサリーだけね」

そう言って、フィローラ皇女がルーイさんの処に行くと、私も思わず肩の力が抜けた。

「訓練よりキツいわ……」

思わずそう呟くと、横からふふふと笑う声が聞こえ、視線を移すと、そこにはフィローラ皇女の侍女長が微笑んでいた。

「昨日から殿下は貴方が来られるのをずっと楽しみにしてらしたんですよ」

「楽しみ……ですか」

「ええ、殿下はいつも気を張ってらして、国でもこちらに来ても休まる時なんてございませんでした。でも、昨日貴方がニコラス様に『所詮女と罵った人間がどれだけのものか、指を咥えて見てろ』とおっしゃたでしょう？　それで火がついたみたいです」

「火……ですか」

「ええ、国に帰ったら『目にもの見せてやる』そうですわ」

くすくすと楽しそうに笑う侍女長に私も思わず笑ってしまった。

「さぁ、これをつけて完成ですよ」

そう言ってルーイさんがパールのアクセサリーを首元につけてくれた。

「ふふ、完璧だわ」

「完璧ですね」

満足げにキラキラと目を輝かすフィローラ皇女とリタの二人に対して、フィローラ皇女の部屋の真ん中で、みんなから完成の拍手をいただく私はぐったりだ。

「ティツィアーノ様、ところで本当に歪んでしまった白金の留め具は修理しなくてよろしいのですか？　ベイリーツ宝飾店に戻ればお直しできますが」

眉根を寄せて遠慮がちに言ったルーイさんに「良いんです」と笑顔で返す。

「あれは、私への戒めとして残しておきます」

「戒め……ですか？」

「はい、私はすぐに体が動いてしまうので……、あれを見て一回立ち止まれるように、無謀な事をしないように」

もう単なる騎士ではなく、公爵夫人として正しい道を選べるように。

家族や領民を、守る為にも。

「……ではお嬢様、参りましょうか」

「そうね」

そう言ってドアに向かうと、進路を塞ぐように私の前にリタが立ち塞がった。

「お出口はあちらです」

満面の笑みでリタが示した先は『ドア』ではなく、『窓』だ。

「は？」

「時間がありませんから。挙式の時刻は過ぎております」

「ささ、どうぞ」とリタは私の手をとり、窓の方に連れていく。その視線の先には……。

「ねぇ、リタ？　……本気？」

「ええ、急いでますから」

そう言って、リタが窓を大きく開ける。

開いた窓から風が吹き込み、ふわりとヴェールが舞(ま)い上がった。

「お嬢様らしいでしょう？」

そう言って笑顔で窓から私を突(つ)き落と……送り出した。

フィローラ皇女の使いから、ティツィは少し遅(おく)れるとの事で、教会の入り口で待つように伝言を受けて指示通り待っていた。

挙式予定時刻を四半刻ほどすぎ、来賓客も何かあったのかとざわめき始めるも、気にすることなくぼんやりと空を見上げる。

今度こそ。

きちんと。

完璧に。

何事も無く。

――彼女の笑顔で晴れの日を。

そう思っていたのに。

あの日、守れなかった自分に歯痒さしかない。

今回、遅くなると連絡は受けたものの、刻一刻と過ぎる時間に、『また』があったら……という考えが、脳裏をどうしても過ってしまう。

見上げた空は雲ひとつないほど晴れ渡っているのに、心の中には、ドロドロとした暗いものが渦巻いていた。

「……いい天気だな」

その時、視界に何か黒いものが映るも、太陽の眩しさで見間違いかと目を細める。

「レオン！」

その澄み切った上空から聞こえたのはティツィの声。

目を凝らしたその先にいたのは……。

「シルヴィア⁉」

自分の愛馬の嘶きと共にふわりとシルヴィアの背からティツィが飛び降りてきた。

「レオン！」

「ティツィ！」

ふわりとしたレースや、幾重にも重なったスカートが羽のように広がり、笑顔で胸に飛び込んでくるティツィはまるで天使、いや女神のようだった。

「遅れてごめんなさい」

「ティツィ……。綺麗だ」

腕の中に閉じ込めた彼女の香りを胸いっぱいに吸うと、「ありがとうございます」と、ティツィが小さく言う。

腕の中のティツィと目が合うと、照れくさそうに微笑んだ彼女に、先程までの暗い気持ちは霧散した。

「やっとだな」

「やっとですね」

へへ、と抱きしめ返してくるティツィの愛らしい額にキスを落とす。

「一生君を愛し、守り、この命が尽きてもなお、僕の全てを君に捧ぐことを誓うよ」

彼女の柔らかな頬を確かめるように触れ、そのまま彼女の唇に少し触れる程度のキスを落とす。

「レオン。……私も貴方を愛して、どんな時も貴方を信じると誓うわ」

そう言って、彼女も私のそれに羽のようなキスを返した。

「それから……これを受け取ってもらえると嬉しいんだけど……」

そう言って彼女が恥ずかしそうに差し出したビロードの箱と、ティツィを交互に見る。

「なんだ？」

「あ、開けて見て下さい……」

茹で上がったタコのように真っ赤になりながら、ティツィが視線を逸らした……。

手のひらサイズの箱を開けた中には金色の獅子の指輪。

「これは……」

獅子の心臓に一つの星を抱いているそれは、レグルス家の象徴。

キラキラと輝くその星はティツィの瞳と同じチョコレート色の魔石だ。

「昨日の……狩猟大会で仕留めたサンダーバードの魔石です。リタがこの魔石が一番私の目の色に近いって……」

モゴモゴと話す彼女があまりに可愛くて、彼女を抱きしめた。

「いつから用意してくれていたんだ？」

「その、指輪は前回ベイリーツ宝飾店に行った時に注文していたんです。あとは魔石をはめるだけにしてもらえるように。なので、朝急いでルーイさんに加工してもらったので、遅れてしまいました」

そう言って顔は逸らしたまま、視線だけをこちらにチラリとやる。

だめだ！　可愛いが暴走している！

「ティ……」

「レオンも、私だけですからね」

そう言って、ティツィが私の指にその獅子の指輪をはめた。

「……永遠にレオンだけを守り、全てを貴方に捧げます」

「私の心も、命も、全て君のものだよ」

そう言って彼女の唇に自分のそれを重ねた。

「ゴホンっ!!」

真横から突然聞こえた神父の大きな咳払い(せきばら)に、ティツィも私もはたと固まる。

「レグルス公爵様、サルヴィリオ伯爵令嬢(はくしゃくれいじょう)様。私の見せ場を持っていくのは待っていただけますか？」

額に青筋を立てた齢(よわい)六十の神父に、「「も、申し訳ありません」」と二人で謝罪を口にした。

この日執(と)り行(おこな)われた結婚式は、貴族の令嬢達の理想の結婚式と言われた。

フィローラ皇女から友好の証(あかし)として贈られたドレスは誰もが結婚式で着たいドレスと

憧れの的となり、エリデンブルクのみならず、参加していた各国でも爆発的に流行して世界中から愛されるドレスとなった。

また、翼馬から飛び降りたティツィアーノ嬢は天の使いのようだと言われ、なぜか少し高いところから花嫁を受け止めるという挙式の催しが増えた。

そのせいで貴族の子息達は体を鍛えることを余儀なくされたという。

無事に挙式は終わり、レオンと私は王宮の庭での披露宴を行った。

「やぁ、素敵な式だったね」

「おめでとうございます」

「カミラ皇子とベレオ団長も披露宴に参加していただきありがとうございます」

声をかけてくれた二人に挨拶をするも、レオンは無言で舌打ちをする。

「ティツィアーノ、本当にこんな無愛想な男と結婚していいのかい？　僕は受け入れ態勢が取れているから、いつでもリトリアーノにおいでね」

そう言って私の手の甲にキスをしたカミラ皇子にレオンが「オイ」と声をかける。

「ところで、昨日はありがとう。おかげでマジックボックスも全て回収できて、僕は胸を張って帰れるよ」

にこやかな笑顔で言った彼にレオンが真面目な顔で聞いた。

「昨日の間者からは何か有益な情報が得られたのか？」

「全然。持ち物も『あいつ』につながるものは無かったしね。あいつのした事も憶測の域を出ない。まぁ、今回は言われた仕事を完了しただけでもよしとするよ」

『あいつ』とは、第二皇子の事だろう。

しょうがないかなと笑ったカミラ皇子を一瞥した後、レオンがスッと左手を上げる。

「セルシオ」

「はい」

レオンが声をかけると、後ろに控えていたセルシオさんが封筒をレオンに差し出した。

「これで貸し借りは無しだからな」

そう言ってレオンがカミラ皇子にその封筒を渡すと、カミラ皇子は中身を見て小さく息を呑んだ。

「これは……」

「昨日うちの騎士団がティツィの指示の下、入手したものだ。奴らのアジトを制圧した時に押収したものだが……。『指示者』のものと思われる押印と、アストローゼ公爵の押印がある契約書が入っている。使い方は任せる」

その件に関しては、私も大会から帰ったあと報告を受けていたので、中身も確認済みだ。

第二皇子とアストローゼ公爵の取り引きに関するものから、エリデンブルクに送り込まれたカミラ皇子殺害の為のスパイへの指示書は、彼の弟へとつながる証拠だ。

「はは……。これは決定的だな……。これであいつを引き摺り下ろせるよ」

愉快そうに微笑んだカミラ皇子の表情にゾクリとする。

「もう一回言っておくが、貸し借り無しだからな」

「……何か貸したっけ？」

一転してきょとんとしたカミラ皇子にレオンが非常に不愉快そうに口を開いた。

「ティツィを助けたろう？　フェンリルから」

レオンがそう言うと「あぁ！」と言った。

「え、待って。奥方の命とこの資料で貸し借りなしって随分軽くない⁉」

「我が家にも匿ってやったろう？」

「いやいや……！　あれは匿うっていうか監き……」

「賑やかね」

レオンとカミラ皇子の会話にくすくすと笑いながらフィローラ皇女が声をかけた。

「フィローラ皇女。この度はティツィのドレスをご用意いただきましたこと、心より感謝申し上げます」

レオンのお礼に続けて私も感謝を述べると、フィローラ皇女は優しく微笑んだ。

「いいえ、お礼を言うのは私の方で、騒ぎを起こした元凶であるのにもかかわらず、晴れの日に一役買わせていただいたこと、嬉しく思うわ」

その、花開くような笑顔は、女性の私ですら、胸が高鳴るほどだ。

「こんな素敵なドレスでお式を挙げられて、幸せです」

そう言うと、フィローラ皇女は微笑むも、申し訳なさそうにレオンを見た。

「本当に申し訳なかったわ、レオン様。貴方がせっかく用意したドレスをダメにしてしまって」

「とんでもございません。ティツィが嬉しいなら私も嬉しいですから、貴方に感謝しかありませんよ」

「……そんな顔も出来るのね」

「え？」

フィローラ皇女が横で小さく呟いた言葉をレオンは拾い切れなかったようで、思わず聞き返した。

「……言い換えるわ。私のドレスをティツィアーノ様が着てくれてうれしいわ」

「ん？」

今までのレオンに向けていた柔らかな笑顔とは異なり、なぜか不敵に口角を上げた皇女殿下にレオンが一瞬固まる。

「悪いわね。私が彼女を美しくしてしまって。貴方が彼女を大事にする気持ちが良く分かるわ」

皇女殿下が私の少し乱れた前髪を直しながら、「とても綺麗よ」と、後光の眩しい女神のような微笑で言葉を紡ぐ。

その、この世のものとは思えないほどの美しさに息を呑んだ。

「そのドレス、貴方に着てもらえて幸せだわ。それから、これから仲良くしていただけるととても嬉しいのだけれど」

「も、もちろんです。ありがとうございます」

その美しさになぜか赤面してしまう。

「……っ、ティツィ！　今すぐそれを脱ぐんだ！」

「何言ってるんですか？　……似合ってませんか？」

突然の彼の言葉に今更ながら、やっぱり分不相応だったのかとたじろぐ。

「ですってよ。公爵」

「ぐっ……。似合ってる、ものすごく似合ってるが」

「ははは、公爵。新手のライバルだね」

カミラ皇子が心底愉快そうに言った言葉にレオンが凄んだ。

「何を訳の分からないことを言っているんですか。カミラ皇子」

すると彼の背後から、パタパタと可愛らしい足音が聞こえた。

「姉上！　おめでとうございます！」

「お姉様！　お兄様！　おめでとうございます。とっても素敵なお式でした」

フィローラ皇女のデザインしたドレスを着たリリアン様をオスカーがエスコートしながら、はじけんばかりの笑顔でこちらに駆けてきた。

「ありがとう、オスカーもとても格好いいし、リリアン様も素敵な装いですね。妖精が祝福に来てくれたのかと思いました」

「お姉様ってば！　今日は、いいえ、いつもそうですけれど、特に今日は、お姉様のお姿の前には、どんな方も敵いませんわ！　お兄様の選んだドレスももちろん素敵でしたけど、今日のドレスもとてもお似合いで！　ふんわり広がったヴェールは羽のようで、天使か女神か！　そのパールの――」

「リリアン嬢」

今日も嵐の如く褒めてくれるリリアン様の会話にオスカーがにこりと微笑みながら声をかける。

「は……はい？」

「僕は、今日リリアン嬢よりも素敵な方にはお会いしていませんよ」

「え……、え？」

オスカーはリリアン様に添えていた手を持ち上げ、真っ赤になったリリアン様の手の甲にキスを落とした。

「その真珠の髪飾りもとてもよくお似合いですね」

「あ、これはお兄様から頂いたもので……」

「僕も、何か貴方に真珠のアクセサリーをお贈りしても？」

　オスカーのその言葉に困惑しながらリリアン様が、「あぁ！」と妙に納得した声をあげる。

「サルヴィリオ産の真珠の広告塔ですわね！　そんなことをしていただかなくても、ぜひ『レアリゼ』に置かせていただきますわ」

　そう言った言葉に今度はオスカーがきょとんとし、一拍した後クスリと笑った。

「違いますよ。純粋に貴方を飾る名誉をいただきたいのです。貴方の白い肌にきっと真珠が映えると思ったんです」

　カチンッと言葉通り固まったリリアン様のその様を見てオスカーが柔らかく目を細める。

「ところでリリアン嬢。ダンスのお相手をお願いしたいのですが、貴方の予約リストに空きはありますでしょうか？」

　オスカーが、ふわりと笑って声をかけると、リリアン様が真っ赤になる。

「え？　あ……ええと。まだ、どなたともお約束しておりませんわ……」

「では、貴方の初めのダンスのお相手をさせていただく栄えある権利を僕に頂けますか？」

リリアン様の目線の高さに合わせるようにして礼をして、オスカーが手を差し出すと、頬をほんんり赤く染めながら、リリアン様が彼の手の上にそっと自分の手を重ねた。

そのまま二人はこちらに軽く会釈をして特設の石畳が敷かれたホール会場に向かって行った。

「な……滑らか……」

驚きと共に呟いたその言葉に、『君も女性に対してはあんなだよ』とレオンに突っ込まれ小首を傾げた。

「サルヴィリオ家の血は争えませんわね」

「そうなんです、フィローラ皇女。サリエ様を筆頭に、昔からお嬢様もオスカー様もあんなですよ」

「リタ!? 私は違うわよ！」

困ったもんですというように、やれやれと首を揺らすその態度に納得いかない。

「そうそう、だから公爵様はこの先もずっと油断できないってことっすよ」

「テトまで……」

「あはは、この周りは華やかですね」

にこやかに会話の輪に入ってきたアッシュ殿下に慌てて礼をすると、その後ろには、父と母や前レグルス公爵夫妻とウォルアン様もいた。

「この度はおめでとうございます」

「ありがとうござ……」

「そして、感謝申し上げます」

私の言葉を遮り深々と頭を下げるアッシュ殿下の言葉に何のことかと目を見開く。

「感謝？」

「ええ。先程式と披露宴との合間にウィリア帝国の皇帝陛下と話をしたんです。今回の件についてティツィアーノ様に感謝の意を込めて、こちらからの輸出品にかかる関税を向こう三年間ゼロにしていただけると。そして皇女殿下との業務提携に関しても全面的に国として後押ししていくとのお言葉をいただきました」

「？　皇帝陛下と話？」

ウィリア帝国の皇帝陛下は今回いらしていないはずで、疑問符ばかりが頭に浮かび、アッシュ殿下の言葉が入ってこない。

「はい、コレを使って」

そう言って差し出されたのは、金細工の繊細なデザインのブローチだ。その中心には妖精の涙と思われる石がはまっていた。

「治癒の力が何か関係ありましたっけ……」

「これは魔道具に加工された『妖精の涙』で、元々ひとつだった妖精の涙を二つに分けたものです。対となる『妖精の涙』の持ち主と離れたところでも会話ができるんですよ」

その言葉に、もう一つの隠された妖精の涙の効果を思いだす。

『妖精の涙』

魔物に襲われて死んでしまった妻を抱きしめ、こぼれ落ちた妖精の涙が、深い悲しみによって力を与えた。

瀕死の状態でも完全の治癒を発揮し、永遠に二人を結びつけると。

その結びつけというのが、ひとつの妖精の涙を二つに分けると、対となった妖精の涙と離れたところでも会話できるという効果だった。

「でも、どんなに効果が素晴らしくても、簡単に扱えるものではないと聞いています。距離に応じた魔力量に、高度な魔力操作が求められると……。遠く離れた帝国と繋がるなど……」

高価で、希少価値が高いだけでなく、一般の騎士に扱えないからこそ軍事利用されていないのだ。

「我が国にはいるではありませんか」

にこりと笑ったアッシュ殿下の後ろにいたのは不敵に笑う母だった。

「私だけでなく、レグルス公爵でも使えると思うぞ」

「今、海外との繋がりを強化していくウィリア帝国と、この三年間だけでも輸出に関わる関税の撤廃は我が国にとって、他国よりも大きくリードするための大きな手札です。貴方に頂いたこのチャンスを必ず活かして、国の繁栄に繋げることをお約束します。改めまして、感謝申し上げます。レグルス公爵夫人」

アッシュ殿下の言葉に周囲の視線が私に集中するのが分かる。

「ティツィアーノ嬢が息子を選んでくれたことも、レオンが貴方を妻にしたことも、誇りに思うよ」

「本当、ティツィちゃんが娘になってくれて嬉しいわ」

ヴィクト様とライラ様も、にこりと微笑んだ。

周囲のどこからともなく拍手が始まり、会場全体を包む。

「僕からも良いかな？」

「カミラ皇子」

「リトリアーノも今回の件で何かしらお礼をしよう。公爵は貸し借りなしだと言ったけど、僕にとっては『これ』は何より価値があるからね。ティツィアーノ、君が動いてくれたことに感謝の意をきちんと目に見える形で返すと第一皇子の名にかけて約束するよ」

カミラ皇子がレオンから渡された封筒を軽く上げてそう言った。

驚きに固まった私に、レオンがポンポンと背中を優しく叩き、視線が絡む。

「誰も、君を『公爵夫人にふさわしくない』などと言うものはもういないだろうな」

「レオン……」

少しは何か出来たのだろうか。

じわりと滲む視界に言葉が出ない。

「レグルス公爵夫人、貴方がくれた言葉も、示してくれた行動も、常に心に留め置いて私もウィリア帝国で頑張るわ。そしていつか、貴方に憧れてもらえるような女王になることを約束するから」

「もう、十分に素敵です……」

「ティツィアーノ様には敵わないわ」

ふわりとフィローラ皇女の香りがしたかと思うと、ハンカチで涙を拭われたことに気づく。

「と、言うわけで。国の基盤を盤石にするためにも、ぜひお二人の娘さんを僕のお嫁さんに下さい。貴族からも他国からも信頼の厚いお二人の御子となれば誰より素敵な女性に違いありません。もちろん、一生彼女を愛して、幸せにすることを誓います」

突然のアッシュ殿下の発言にざわめきが広がる。

「何が、と言うわけなんだ！　関係ないじゃないか！」

レオンがありえないという顔でアッシュ殿下に言った。

敬語！　敬語忘れてますよ！

っていうか、まだ存在すらしていません！

「成る程、その手があったか。アッシュ王子、隣国との強化を狙うなら我がリトリアーノにお嫁に来てもらうのがベストじゃないかな」

「まぁ、アッシュ殿下もカミラ皇子もずるいですわ。それならティツィアーノ様の息子さんは私の娘のお婿さんに下さいな！」

「フィローラ皇女！　貴方はまだ未婚でしょう！」

二人に負けじと参戦したフィローラ皇女に思わず突っ込んでしまう。

「あら、今から素敵な殿方を見つけますのよ！　婚活して帰りましょうかしら」

ほほほと笑う殿下に、母は、「私の孫たちはモテモテだな」と存在すらしていないのに嬉しそうだ。

「どっちもやらん！」

レオンがそう叫ぶと、彼は指笛でシルヴィアを呼んだ。

バサリと現れた漆黒の美しい翼馬に誰もが目を奪われると、彼は私を抱えてシルヴィアに飛び乗る。

「レ、レオン」

「失礼、少し外の空気を吸ってきます」

そう言って、上空に駆け上がって行く。

「「初めから外なんですが……」」

「あいつ、逃げたな」

「あの子、本当に変わったわね……」

「はは、愛の力は偉大なんだよ、ライラ」

だんだんと小さくなる地上から聞こえる母や義父母の突っ込みに、私は恥ずかしすぎてしばらく戻れないと脱力した。


「ティツィ……」

私を後ろから抱えるように王都の上空を飛行しながら、レオンが囁く。

「はい？」

耳元で聞こえる、レオンの熱の篭もった声に心臓が口から飛び出るのではないかと思うくらい鼓動が激しくなり、胸が苦しくなる。

更には後ろから私を抱えるようにシルヴィアに跨っている彼の体温に、呼吸までも苦しくなった。

「このまま、新婚旅行に行ってしまおうか。君と結婚したのは私なのに、後から後から邪魔者が湧いてくる……」

しっとりするような声で囁いているのに、内容が可愛すぎて笑ってしまった。

「あはは、ダメですよ。明日はアッシュ殿下の立太子式ですし、今は私たちの為にたくさんの方が披露宴に足を運んでくださっているんです。私の公爵夫人としての初仕事ですからちゃんと務めさせてくださいい」

「……気が進まないな」

「ふふ、レオンってば」

地上にいた時よりも近くなった太陽の熱さを感じながらも、感じる風の心地よさに先ほどまで火照っていた体が落ち着いていく。

手綱を握るレオンの左手の薬指に光る獅子の指輪にそっと触れた。

「正直に言って良いですか」

「ん？」

「ずっと、フィローラ皇女に嫉妬してたんです」

「え？」

初めて彼女に会った時の感情が蘇り、言葉が止まらない。

「だって、誰が見てもこの世に存在する人とは思えないくらい完璧な女性でしょう？　天地がひっくり返っても、私はあんなに優雅な仕草はできないし、一生かかってもあんな芸術品のような刺繍なんて刺せません」

「私は、彼女をそんな風に見たことなんてないよ？」

優しい声で、ゆっくり話すレオンの顔を見ずに頷く。

「でも、フィローラ皇女と貴方の並ぶ姿があまりに完璧すぎて、私では不釣り合いだって感じてしまうから。周りの人たちも貴方達がなぜ結婚しなかったのかって……。聞きたくなくても聞こえてくる会話に、大丈夫、大丈夫って自分に言い聞かせるので精一杯です」

情けなくて、誤魔化すように笑って言うと、柔らかい何かが耳を掠め体がビクリと跳ねた。

「ヒャイッ」

間抜けな声を上げつつ、耳に触れた何かを思わず振り向いて確認すると、それがレオンの唇と分かる。

「そうか、私は君を不安にさせていたんだな」

そう言ったレオンの目が、あまりに色気を含んでいて、先程の彼との雰囲気の変わりようと、逆光にもかかわらず煌めくダークブルーの瞳に、思わずゴクリと喉が鳴った。

「あの、……レオン」

彼とぶつかった瞳を逸らすことが出来ない。

獰猛な獣に狙いを定められたかのようで、呼吸の仕方すら忘れてしまいそうだ。

「君を不安にさせたことを申し訳ないとも思うけれど、君がそんな風にフィローラ皇女に嫉妬してくれたことを嬉しいと感じてしまうよ」

「ソ……ソウデスカ……」

私の上擦った声に、レオンがくすりと笑う姿すら妖しく、全神経が一挙手一投足に集中する。

シルヴィアから落ちないように支えてくれるレオンの手の熱が、薄いドレス越しに伝わってくる。

きっと私の速くなった鼓動に、完全にレオンは気づいているだろうと思うと、この場から逃げたくてたまらない。

「これから、毎日。君が目覚めた時から、君が眠りにつくその時まで、君に愛を伝えると誓うよ。君も、それに応えてくれるだろう？」

そう言って、私の指にはまったダークブルーの魔石の指輪にキスを落とすと、その唇が指先に移動していく。

「いやいやいや！　無理無理！　無理です！」

応える前に、その色気で窒息死決定ですから！

顔に熱が集中するのが分かり、その様を見たレオンにふっと笑われた。

「揶揄って……」

「あはは、可愛すぎて、もう食べてしまいたいよ」

笑いながら、レオンの唇が私のそれを塞いだ。

「レオ……」

「君は無理って言ったけど、大丈夫だよ。ティツィは努力の人だから」

そう言って、私の額に、瞼(まぶた)に、頬にキスを落として行く。

「これから一緒に頑張ろう。……奥様」

妖艶(ようえん)に笑ったレオンは、そう耳元で囁くと、私が音を上げるまでキスをした。

END

あとがき

ご無沙汰しております。柏みなみです。

初めましての方も、前巻を手に取って頂いた方も、あとがきまで読んでいただき、本当に本当に心から感謝申し上げます。

こうして二巻を出すことが出来たのも、読者の皆様、作品の担当をしてくださった編集のO様、鼻血の出そうな美麗イラストを担当して下さった藤村ゆかこ先生、「ぬおぉー」と、身悶えするコミカライズを担当して下さった蒼井先生のおかげです。そして作品に携わって下さった全ての方にこの場を借りて御礼申し上げます。

二章では、ティツィに妄想では無い新たなライバル出現、ちっとも上手く行かない結婚式、そしてそして、今回は前回よりも糖度高めにしたつもりです。

「甘～」ってなって、胸焼けするぐらい堪能していただけたらうれしいです。

それでは、またいつか皆様にお会いできる日を願って。

柏みなみ

■ご意見、ご感想をお寄せください。
《ファンレターの宛先》
〒102-8177 東京都千代田区富士見2-13-3
株式会社KADOKAWA ビーズログ文庫編集部
柏みなみ 先生・藤村ゆかこ 先生

●お問い合わせ
https://www.kadokawa.co.jp/（「お問い合わせ」へお進みください）
※内容によっては、お答えできない場合があります。
※サポートは日本国内のみとさせていただきます。
※Japanese text only

初恋の人との晴れの日に令嬢は裏切りを知る 2

幸せになりたいので公爵様の求婚に騙されません

柏みなみ

2023年8月15日 初版発行

発行者 山下直久
発行 株式会社 KADOKAWA
〒102-8177 東京都千代田区富士見2-13-3
（ナビダイヤル）0570-002-301
デザイン 島田絵里子
印刷所 凸版印刷株式会社
製本所 凸版印刷株式会社

ISBN978-4-04-737603-8 C0193

定価はカバーに表示してあります。
◇◇◇